Linha de sombra

LÚCIA BETTENCOURT

Linha de sombra

EDITORA RECORD
RIO DE JANEIRO • SÃO PAULO

2008

CIP-Brasil. Catalogação-na-fonte
Sindicato Nacional dos Editores de Livros, RJ.

B4631 Bettencourt, Lúcia, 1952-
Linha de sombra: contos / Lúcia Bettencourt.
– Rio de Janeiro: Record, 2008.

ISBN 978-85-01-08054-7

1. Conto brasileiro. I. Título.

08-1759 CDD – 869.93
CDU – 821.134.3(81)-3

EDITORA RECORD LTDA.
Rua Argentina 171 – Rio de Janeiro, RJ – 20921-380 – Tel.: 2585-200

Impresso no Brasil

ISBN 978-85-01-08054-7

PEDIDOS PELO REEMBOLSO POSTAL
Caixa Postal 23.052
Rio de Janeiro, RJ – 20922-970

EDITORA AFILIADA

Ao Guilherme:
sol, mesmo quando posto.

LINHA DE SOMBRA

SOL

SOMBRA

SOL

A predadora

Emboscada no fundo da sala, ela não perdia de vista quem entrava. Seu corpo se perdia entre outros corpos, igualmente sarados, igualmente vestidos com tênues transparências e vagas tessituras. Seus olhos é que denunciavam sua condição de fera, de fera à espreita, à espreita porque faminta.

Avaliava as possíveis presas. Tinha fome, mas era seletiva, não abatia qualquer caça. Queria-os suculentamente imaginativos, capazes de sucumbir às fantasias, pois os mais literalmente machos não reagiam bem aos seus ataques fulminantes. Queria-os não muito jovens, pois a seiva se espalhava prematuramente e deixava-a insatisfeita e expectante. Queria-os com um brilho de inteligência no olhar, pois a ciência de serem vítimas aguçava o prazer do abate.

Quando o viu entrar, sabia que era chegada a sua hora de atuar. Observou-o com os olhos de tigresa tranqüila e sábia. Umedeceu os lábios, sensualmente, sem pressa. Jogou o cabelo para trás, enquanto calculava quantos passos havia entre ela e a vítima.

Ele se sentou, e era bom que estivesse de frente para ela, pois o abate assim era mais interessante. Ela se levantou. Terminou a bebida com um único gole. Deu o primeiro passo. Ele já havia percebido seu movimento, e isso também era bom. Ela podia se demorar, ele esperaria.

Nos passos calculados ela chegou até a vítima. Sem saber como se comportar, ele a olhava admirado, ligeiramente desconfortável. Ele ainda não sabia, mas suspeitava seu destino final. Ela, zombeteira, avaliava-o: era um pouco mais velho do que tinha calculado, um pouco menos pujante do que seria ideal, mas tinha sido o eleito da noite. Outra vez, umedeceu os lábios.

Ele se levantou, obedecendo a uma ordem não formulada. Ela se aproximou mais um passo. Ele sorriu. Ela ganhara. Agora tudo era uma questão de metodologia.

Imobilizou o pulso de sua vítima, puxando-lhe a mão até a boca e fazendo-o introduzir os dedos entre seus lábios, dois apenas, o indicador e o médio. De olhos bem abertos e espantados, ele não esboçou uma reação firme o bastante para detê-la, apenas enrijeceu um pouco o braço, tentando puxar a mão para trás, para fora da caverna úmida onde a língua, experiente e sinuosa, percorria os dedos escolhidos, enquanto a boca sugava, deixando-o cada vez mais vulnerável ao próximo ataque.

Os olhos de caçadora experiente avaliavam todas as reações da presa, e seu instinto lhe dizia quando dar o próximo bote. Como uma tigresa, foi direto à jugular, no caso, um volume ainda discreto que crescia em seu baixo-ventre. Ele gemeu. Ela gemeu mais alto, parando de sugar os dedos dele que agora se moviam, tentando capturar a sua língua, dominá-la. Sempre segurando seu pulso, puxou a mão dele para o seu decote, e empurrou-a para dentro, provocante e enérgica, rodando em volta do mamilo endurecido, demonstrando os movimentos que queria que ele fizesse. Ele obedeceu ao convite, meio desajeitadamente, desacostumado que estava de ser comandado. Os dedos úmidos pressionaram o mamilo, que perdia o aspecto de fruta agreste e se distendia, sedoso e firme, demonstrando toda sua excitação.

Afoitamente, sentindo sua masculinidade se expandir, ele pretendeu tomar as rédeas da ação. Com a mão livre segurou as ancas da fera que o atacava e fez menção de puxá-la de encontro a si, procurando beijá-la. Ela não se furtou, mas mostrou claramente quem dominava, recebendo os lábios dele em sua boca entreaberta e fincando os dentes na carne macia da língua que se atrevia a penetrá-la. Ele gemeu de dor, retraiu-se, ela puxou-o de volta, sugou-lhe a língua dolorida, e esfregou-se nele, agitada pelo sabor de sangue.

Com a coxa abriu caminho entre as pernas dele e imobilizou-o contra a parede. Os olhos de sua vítima percorreram o recinto, verificando se os observavam. Achando-se protegido pela penumbra, ele se entregou, dócil e obediente. Seu corpo desequilibrado se mantinha ereto graças ao apoio da parede, enquanto ela pressionava os seios túrgidos contra seu peito arfante, ao mesmo tempo que roçava sua coxa, subindo e descendo a perna entre as dele. Quando parou de beijá-lo, foi para mover sua boca em direção à orelha incauta, e para lambê-la, penetrá-la. Seus próprios dedos se haviam intrometido pela boca indefesa e ainda dolorida da vítima, obrigando-a a aceitar três dedos que se dividiram, experientes, um pelo meio, sobre a língua febril e ligeiramente inchada, os outros pelas laterais, próximos aos dentes e às gengivas, estufando-lhe ligeiramente as bochechas.

Com o instinto da fera que sabe quando sua presa já não pode mais reagir e começa a arrastá-la para o covil, ela percebeu o momento exato para retirar sua coxa, que o mantinha de pernas afastadas, permitindo que ele recuperasse o equilíbrio para obrigá-lo a segui-la para a porta do banheiro. Lá dentro, apoiando-se contra a pia, ela empurrou a porta com um dos pés enquanto puxava-o de encontro a si com a outra perna. A luz, muito mais forte ali do que no salão, deixou-o perceber que ela estava sem calcinha, mas que usava meias, presas por ligas, antiquadas, mas eficientemente eróticas.

Com uma violência domada, ela se impacientava contra as roupas dele, abrindo a fivela de seu cinto, puxando para baixo seus jeans e cueca, deixando-o sem mobilidade, mas com o sexo desimpedidamente ereto. Ela não permitiu que ele a despisse e, curvando-se, quase se ajoelhando frente a ele, abocanhou-o, empurrando-o de encontro à garganta, que se contraiu e expulsou-o. Ela insistia no movimento e ele começava a destilar um líquido salgado quando ela parou abruptamente e, com a ajuda da própria vítima, desfechou-lhe o golpe de misericórdia, deixando que ele penetrasse seu sexo quente e pulsante, viscosamente odorífico como uma fruta madura.

Ele se sentia esvair, totalmente dominado pela mulher que o cavalgava com perícia, sem deixá-lo impor o ritmo que preferia. Ela acelerava e diminuía suas investidas, prolongando o seu prazer, até que, impaciente, com gemidos guturais que pareciam nascer muito lá dentro, seu corpo perdeu o ritmo e foi sacudido por espasmos que pareciam debilitá-la. Ele quis se aproveitar do momento para impor sua vontade, mas a predadora, saciada, já o encarava com olhos indiferentes. Com um safanão, libertou-se das mãos dele, que a procuravam. Alcançou as toalhas de papel e enxugou-se, sem se preocupar em manter sua graciosidade felina. Deu um toque no batom, que borrara, ajeitou os cabelos com os dedos, relanceando os olhos pelo banheiro, para preparar sua retirada.

Saiu ligeira, numa espécie de movimento lateral, inesperado. Ele tentou alcançá-la, mas os jeans enrolados em suas pernas quase o fizeram tropeçar. Só teve ânimo para fechar a porta do banheiro com o trinco, e deixou-se cair sentado sobre a tampa do vaso. Tinha que recuperar seu amor-próprio, sua atitude de macho, mas sentia-se esgotado, usado e, o que era pior, abandonado. Sabia que ela não voltaria. Com água fria lavou o rosto, examinando-se no espelho. Sentia o corpo doer das posições a que ela o obrigara. Com a língua de fora, descobriu as marcas que os dentes da fera deixaram e que começavam a inchar e latejar. Seu coração começava a voltar ao ritmo normal, depois do galope de seu abate. Bochechou e cuspiu, e deixou-se ficar curvado sobre a pia, vendo a água se escoar num torvelinho.

Intimidado, ele receava sair para um mundo onde seu lugar já não estava mais assegurado.

Insônia

Insone, me revirava na cama grande demais para o quarto. Era uma cama antiga, de dossel, esculpida numa madeira escura, quase negra. Com os dedos eu percorria as volutas dos bilros da cabeceira alta. Conhecia cada uma das voltas dos desenhos, de tanto apalpá-los no escuro das noites em claro, enquanto esperava a chegada de meu marido. Sempre me chamou a atenção como era irônica a expressão "noites em claro" para as noites de insônia. Nada havia de mais escuro que uma noite em que todos dormem em paz, menos uma única pessoa, solitária, infeliz, insatisfeita. Os lençóis de linho haviam perdido o seu frescor, e agora escaldavam como se tivessem sido fiados com urtigas. Meu corpo coçava e se umedecia, deixando minha longa camisola de cambraia colada aos meus seios e coxas. Sentia ímpetos de tirá-la, mas a modéstia me impedia. E se, por um milagre de Natal, meu marido resolvesse voltar para casa aquela noite? Ele entraria sem que eu o suspeitasse e me encontraria deitada em nossa cama enorme, nua, ofegante, atravessada no colchão, com as pernas e os braços abertos, os cabelos soltos e jogados para fora do leito, roçando o assoalho... Que cena! Ele, decerto, ficaria chocado, seria capaz de me expulsar de casa, chamando-me nomes, enxovalhando minha reputação e deixando minha pobre mãe doente sem um teto para abrigar suas mazelas.

Afastei os pensamentos ruins de minha cabeça, tentei rezar, fixando, no escuro, os olhos na parede onde eu sabia que estava a imagem de Nossa Senhora da Conceição. Era uma santa tão linda, tão ardente. Os olhos voltados para cima, os pés pisando numa nuvem, carregada por anjinhos de olhos espertos, revirados para cima, como se tentassem ver alguma coisa sob as saias esvoaçantes da Virgem. Deus me livre! Minha cabeça estava cheia de maus pensamentos esta noite! Que sacrilégio pensar as bobagens que estava pensando ali, sozinha, em uma cama enorme, sem companheiro e sem um pingo de sono que me fizesse fechar os olhos. Meus olhos, aliás, de tanto ficar acordada à noite, estavam agora rodeados de olheiras. O engraçado é que elas, no estágio em que estavam, não me enfeavam. Davam um pouco de profundidade ao meu olhar, um certo ar de cansaço e devassidão que acentuava meu colo, branco, cheio, sem marcas da idade, ainda quase virginal por conta da falta de filhos e do pouco contato masculino.

No início de meu casamento eu achava que teria muitos filhos. Seria uma ótima mãe, acredito, sou paciente, amorosa. Sonhava em ter um pequerrucho nos meus braços, seu corpinho macio envolto nas rendinhas do enxoval que, secretamente, planejava. Chegava a sentir a boquinha faminta colada em meu seio, sugando, ávida, até doer. Eu me sentaria na cadeira confortável, que estava no quarto de mamãe e, na penumbra, desabotoaria as camisas e guiaria os lábios róseos até a fonte que lhe mataria a sede e a fome. E ele, agradecido, passaria a mãozinha quente e perfumada no meu colo, brincaria com os cachos de meus cabelos desfeitos, passaria os dedos pelos meus lábios que se apertariam num beijo ardente e apaixonado. O tempo passou, e nenhum filho veio. Mas Ele sabe o que faz, dizem. Pois como havia eu de cuidar de minha mãe doente, com todas as suas exigências, se tivesse uma penca de filhos? Certamente não teria tempo para todos os cuidados que ela precisa e exige. E como poderia explicar às crianças as ausências cada vez mais freqüentes do pai? Era melhor assim mesmo.

Se tivesse tido filhos, o mais velho poderia estar quase com a idade do rapazinho que agora vivia conosco. Inácio, filho de um sócio de meu marido, um encanto de rapaz, quieto, comportado, tímido. Os olhos, quase sempre baixos em minha presença, só me fixavam quando pensavam que eu estava distraída. Isso era sinal de boa educação, de respeito aos mais velhos, uma educação à antiga, como só se vê no interior. Seu rosto era quase de menino, sua barba mal começava a despontar. Ele estaria com o quê? Uns 16 ou 17 anos no máximo. Mas era alto, espadaúdo, por ter se criado numa fazenda, sem dúvida. Seus braços — eu podia adivinhar os músculos desenhando-se por debaixo do tecido das mangas — cresciam rápido, tal como suas pernas. Sentia vontade de me oferecer para baixar as bainhas da manga e das calças, mas ele podia ficar encabulado. Ele é tão tímido, mal escuta minha voz e enrubesce. Não posso deixar de sorrir ao pensar nisso. Tenho até vontade de acariciar seu rosto, sentir o calor que o sangue leva à sua face infantil e séria...

Um ruído, parecendo um baque, algo que caía, interrompeu meu devaneio. Era melhor aguardar um instante, ver se o som se repetia, mas a casa estava quieta como sempre; dos fundos vinham o ressonar de minha mãe e, de vez em quando, o estalar das madeiras ou o deslocamento de um gato perseguindo os ratos apressados de que a casa nunca conseguia se livrar. Os sons de Inácio, na sala, já haviam cessado. O rapaz devia ter saído para assistir à Missa do Galo. Ele esperava que fosse algo especial, diferente da cerimônia singela na capelinha rústica da fazenda de seus pais. Com certeza, haveria mais rendas e luzes, mas muito menos devoção. Era melhor levantar e verificar se a lamparina estava apagada, se a porta estava trancada. A cidade estava ficando tão perigosa, os gatunos não respeitavam mais nada, podiam até profanar a noite de véspera de Natal.

Calçando minhas sandálias de quarto e vestindo à pressa meu robe de fustão, caminhei até a sala. Já do fundo do corredor pude perceber que a lamparina continuava acesa, era preciso apagá-la. Pisando cautelosa, para não acordar mamãe, fui até a sala e fiquei embevecida com a visão do jovem Inácio, adormecido sobre o romance que tinha separado para ler. Ele estava sempre com um livro nas mãos e os olhos sonhadores. Eu também amava a leitura, mas procurava as obras edificantes, livros de oração. Mas o que mais me encantava eram os folhetins dos jornais e os romances de amor, que chegavam a me provocar lágrimas e palpitações.

O rapaz acordou, mas penso que ele nem se deu conta de que tivesse adormecido. Fiquei com pena dele, ali, sozinho, à espera dos amigos que o viessem buscar. A solidão é sempre tão triste. Resolvi ficar e conversar um pouco. Ele parecia desconfortável, mas aos poucos o assunto foi fluindo. Perguntei-lhe o que lia, era *Os três mosqueteiros*, livro cheio de aventuras e de romances ilícitos. Essas novelas acabavam pondo idéias demais nas cabeças dos jovens, podiam desencaminhá-los. Mas Inácio era um menino devoto, ia para a Missa do Galo, tinha um ar inocente, parecia um dos anjinhos aos pés de minha Nossa Senhora da Conceição, com os olhinhos gulosos subindo pelas pernas da Virgem. Mas o que seria que o menino tanto olhava? Era minha chinela, que se pendurava na ponta de meu pé, e balançava afoita, a ponto de cair no chão. Descruzei a perna e firmei bem o calçado, evitando que caísse e fizesse barulho. Depois me assustei, achei ter visto um rato, e ele o procurou por um instante, junto comigo, mas nada achamos. Ele perguntava-me: Onde, onde? E eu apontava com a mão trêmula, esticando o braço para o canto mais escuro da sala, onde julgara ter visto o focinho maléfico do animal. Inácio se perturbava, examinava o local que apontava, depois voltava-se para mim, fitando meu braço, deixando seus olhos deslizarem de mim até o canto da sala, e refazendo depois o caminho do olhar, subindo a vista pelos meus braços acima, mas parando respeitosamente a meio caminho, sem coragem de encarar meu rosto. Como o rato não foi encontrado, sentei-me num canapé, para ouvi-lo falar de suas impressões da Corte. Reclinei a cabeça para trás e semicerrei os olhos ofuscados pelo brilho da lamparina. A conversa foi desanimando, o rapaz titubeava, sem muito assunto. Por entre as pálpebras pude perceber que ele fixava, absorto, um ponto em minha garganta, e corava, baixando, em seguida, os olhos, como se tivesse sido apanhado num ato faltoso.

Ele demonstrou interesse em meu marido, mas desconversei. Não gostava de falar sobre os hábitos e costumes de quem estava quase sempre ausente. Meu esposo era um homem de poucas palavras, e não admitia ser interpelado. Quando saía não gostava de dar satisfações, e foi com o tempo que deduzi que ele devia ter negócios que o prendiam fora de casa algumas noites por semana. Conformada, e sem alternativa, aceitei seu costume que, a princípio, muito me fazia sofrer, mas que, agora, me deixava indiferente. Só me ressentia da solidão das noites, mas a companhia de Nossa Senhora da Conceição me consolava. Ofereci-me para mostrar a Inácio a bela imagem em meu quarto, e o rapaz pareceu titubear, emocionado. Sem dúvida, a idéia lhe apetecia, devia ser devoto da mesma santa. Só que neste momento uma batida forte na janela nos fez estremecer a ambos.

— Missa do Galo! Missa do Galo! — gritaram de fora.

Eram os amigos de Inácio. Corando muito, o jovem se empertigou. Sem lhe dar tempo de se despedir, deslizei para o corredor, temerosa de que o estouvado rapaz abrisse a porta e deixasse que desconhecidos me vissem ali na sala, com trajes de intimidade.

Ouvi a porta que se abria e fechava sem estrépito. Os passos ressoaram na rua deserta, se afastando. Voltei à sala, e cuidadosamente apaguei a lamparina que o rapaz esquecera acesa. Esperando que meus olhos voltassem a se habituar à escuridão, senti que o calor daquela noite de dezembro se intensificava.

De volta ao meu quarto, dominado pela cama enorme, tomei a decisão de trancar a porta à chave. Depois, lentamente, despi o robe. Com alguma hesitação, despi também a camisola de cambraia, úmida. Antes de me deitar, atravessada sobre a cama, supliquei a Nossa

Senhora da Conceição que mandasse que seus anjinhos marotos soprassem uma brisa para aliviar a opressão daquela noite quente e ardente.

Adormeci muito tarde, e sonhei com espadas de mosqueteiros e brisas angelicais.

Circo erótico

Era de tarde. O movimento do centro da cidade camuflava o ir-e-vir nervoso de homens em frente ao velho sobrado da 1º de Março. Na fachada de persianas cerradas e empoeiradas, um cartaz anunciava: SEBO — 2º ANDAR. E, na linha debaixo, em letras miúdas: Toque a campainha. O cliente obedeceu, mas ficou sem saber se fora ouvido. O barulho dos ônibus na rua sobrepunha-se a todos os outros ruídos. Finalmente a porta se abriu para uma escada escura e antiga, decadente. Não fora a jovem criada que viera abrir a porta, a sensação de um mergulho no passado seria completa.

Com a porta fechada atrás de si, o cliente mergulhou num silêncio pesado, sólido de poeira e de cheiros acumulados. No topo da escada uma sugestão de música escoava-se pelas frestas de uma porta trabalhada, finamente cinzelada. A criada deteve-se, esperando que o visitante apreciasse as figuras do entalhe, e foi com surpresa que os olhos desvendaram as silhuetas femininas entrelaçadas, véu levantado, seios empinados, nádegas provocantes terminando dorsos sinuosos. Um risinho da empregada retirou o homem de seu encantamento e a porta se abriu, sem ruído, para uma sala de veludos e alcatifas, de azulejos e vitrais. O ar-condicionado tornava o luxo oriental convidativo e foi com prazer que o recém-chegado se acomodou no sofá amplo, de macias e fartas almofadas, escutando aquela música apenas insinuada.

Sem se fazer anunciar, a dona do estabelecimento se aproximou, insuspeitada, com um sorriso afável. Era seguida pela criadinha que trazia uma bandeja com café e guloseimas. Os clientes eram sempre recebidos da mesma maneira, como numa visita de respeito, mas de grande intimidade. A conversa que se seguia revelava-se interessante. A dona da casa era culta, mas sabia ceder a seu interlocutor o brilho da conversação. Mesmo os mais ignorantes tinham a sensação de ser refinados e sábios ao dialogar com ela. Em pouco tempo as preferências do visitante eram descobertas, e ela começava a despertar-lhe o apetite com descrições do que tinha para oferecer em sua área de interesse.

As ofertas eram sempre literárias, ou artísticas. De Sade a Ingres, de Louis Lamour a Botticelli, só o que a patroa evitava eram os quadros modernistas, ou os romances mais vulgares. Quem lhe pedisse uma das

Demoiselles d'Avignon seria atendido, sem dúvida, mas o sorriso amável da Madame desertaria seus lábios já fanados, e os olhos gentis apresentariam uma luz glacial e desrespeitosa.

O cliente fazia sua primeira visita àquele jardim das delícias, e não estava muito seguro de como se comportar. Seus amigos lhe haviam recomendado que começasse com algo mais tradicional, na linha oriental, como o *Kama Sutra*. Mas disseram-lhe, também, que não hesitasse em pedir-lhe algo machadiano, se esta fosse sua fantasia, pois Virgílias, Sofias e Capitus eram sempre estimulantes, embora pudessem sair exorbitantemente caras, já que, personagens acostumadas ao luxo e a arruinarem fortunas, eram sempre extravagantes em seus desejos. Uma "Noite de Almirante" preencheria suas fantasias sem arruinar-lhe o bolso, mas podia ser muito popularesco. O ambiente de subúrbio retirado do conto poderia comprometer o seu prazer. Talvez a opção fosse a atmosfera carregada de sensualidade de uma "Missa do Galo", cabendo a ele manobrar de maneira que a situação se desenrolasse de modo mais concretamente satisfatório. Ele demorava-se, ouvindo a proprietária com gosto, embalado pelas descrições que ela tão bem sabia fazer. Conversavam, como velhos amigos, com uma fluência e uma facilidade que o espantavam, ele, homem tão ensimesmado e pouco expansivo.

Não conseguia se decidir. O Oriente não o atraía: aquelas mulheres veladas eram sobrecarregadas de mistério, e ele era mais direto, mais objetivo. E não estava certo de poder ler, nas feições exóticas, as reações que esperava suscitar. A nudez clássica, porém, era muito pouco sensual. Encarava-a como meras lições de anatomia. Ter uma Gláucia ou Aspásia nos braços poderia ser tão frustrante quanto o abraço de Pigmalião.

Quanto às cenas medievais, eram hieráticas e muito distantes, não permitindo maiores intimidades. Por mais que admirasse Francesca e sua paixão, não se arriscaria a terminar no Inferno por causa dela. Sim, ele provavelmente iria acabar no século XIX, com suas alcovas vitorianas, onde as transgressões às numerosas proibições tornavam os atos ainda mais apetecíveis. Além do mais, ele apreciava a sedução de roupas de baixo trabalhosas: o prazer de despir uma mulher se prolongava a cada laço de espartilho, a cada botãozinho de seda, a cada transparência inesperada. Só que Machado era um homem de braços e decotes, e ele precisava de mais do que isso: perfumes, sons de gemidos, o vislumbre de uma perna bem torneada. Um Eça podia vir a calhar, então, mas o cliente sentia que havia mais prazer nas mesas fartas do autor do que nas alcovas perfumadas a vetiver que ele descrevia.

Alencar? De jeito nenhum. Suas mulheres eram idealizadas demais. E quando mostravam algo era sempre disforme. E não era possível se satisfazer entre as bacanais frenéticas de uma Lucíola aspirando à santidade, nem entre os braços angelicais das virgens que sacrificariam seus corpos sem o gozo do prazer. Timidamente pensou numa Ana Karenina, sofisticada e angustiada, capaz de sacrificar tudo por uma boa cavalgada com Vronski. A patroa lembrou-lhe das funestas conseqüências: ele, sensível como ela podia ver que era, poderia ficar tempos remoendo o suicídio cruel da bela e torturada russa. Com essas ponderações aceitas, o cliente nem sequer se atreveu a sugerir uma Emma. E já ia esquecendo russas e francesas quando ela lhe ofereceu um Renoir. Sentiu-se tentado a um interlúdio com uma banhista, mas, pensando melhor, aquelas mulheres eram muito pesadas, seriam cansativas. Então, talvez um Manet o satisfizesse, um *déjeuner sur l'herbe*, por exemplo. O sorriso amplo do homem demonstrava seu agrado, mas ele ainda não estava decidido. A presença de outros casais em cena o inibiria. Calou, suspiroso, a possibilidade de uma *Fille aux yeux d'or*, com suas preferências menos ortodoxas. Como concorrer com a sedução da *outra*, com sua desinibida desenvoltura? Ele seria um terceiro elemento, facilmente descartado, abandonado enquanto as duas se fartassem do amor entre iguais.

A proprietária renovou suas ofertas, tentando-o com produtos mais exóticos. Goya e suas mulheres de mantilha e olhos vivazes, cheirando a sol e a incenso. Ele estava quase convencido, mas lembrou dos tecidos caros, da sofisticação da Corte. Da trabalhosa hierarquia espanhola. Seus instintos falaram mais alto, e ele confessou que apreciaria mesmo uma Dulcinéia, com seu cheiro de taverna, suas mãos experimentadas e um corpo habituado às lides amorosas. A ele caberia a descomunal tarefa de fazer dela uma princesa, transformar seu hálito de alho em aroma de rosas, fazer da palha em seus cabelos jóias preciosas, e, com seus andrajos, tecer-lhe um manto imperial.

Com peito estufado e passo decidido, ele seguiu a fada que lhe prometia a realização de seus sonhos. Sua lança em riste já estava preparada para a grande batalha que o esperava, e foi com o ânimo de um cavaleiro errante que ele adentrou a sala que lhe foi designada.

Noivado

Abrir covas de defuntos é uma profissão digna e honesta. Algumas pessoas supersticiosas podem ver algo sinistro neste mister, mas o bom senso nos diz que o coveiro é um trabalhador como qualquer outro. Ele abre covas como outros abrem valas no meio das ruas e calçadas da cidade, ou como os lavradores abrem as entranhas da terra.

Este coveiro era ainda rapaz, com uns 20 anos mais ou menos, e estava muito apaixonado. Namorava uma mocinha de 17, miudinha, com um sorriso que se abria fácil, e um corpinho bem-feito. Ela era empregada doméstica e ganhava mais do que ele, se vestia com capricho, e tinha caído nas graças do porteiro do prédio em que trabalhava. Ele se roía de ciúmes, sonhava em melhorar de vida o quanto antes para poder casar e tirar a namorada de perto do bigode reluzente do porteiro. Os sonhos, no entanto, são difíceis de realizar. Nos tempos bicudos pelos quais estamos passando, mais ainda.

O rapaz fez o impossível para conseguir uns biscates, enfeitando um túmulo aqui, colando uma estátua ali, e foi logo falando de casamento com a namorada. Ela concordou, também apaixonada, mas exigiu aliança de ouro, grossa, com nome gravado, e comprada em joalheria de verdade, nada de Caixa Econômica ou aliança roubada vendida na Cinelândia.

Foi aí que o drama dele começou. Onde arranjar o dinheiro para as alianças? E ainda para as despesas do casamento? Conversando com os amigos de profissão, entre uma pá de cal e outra de areia veio a sugestão de tirar o ouro dos defuntos. Afinal, pra que enterrar ouro na terra? Os coveiros mais antigos tinham prioridade, porém. Jóias eram para eles, mas, se o rapaz tivesse sorte, sempre se conseguiam uns dentes de ouro. Ainda mais que trabalhavam em cemitério de gente rica, que botava porcelana na frente e ouro atrás para ficar com sorriso sempre jovem.

Ele hesitou. Afinal, não era nada agradável ficar abrindo à força as bocas dos defuntos que já até começavam a cheirar mal. Feder, mesmo. Mas a namorada era uma gracinha e o bigode do porteiro lhe parecia cada vez mais ameaçador.

No sábado seguinte foram a uma ourivesaria do Méier, apreçar as alianças. A quase noivinha escolheu a mais cara, tinha que ser! Ele voltou à loja mais tarde, sozinho, e conversa vai conversa vem, conseguiu um contrato que lhe pareceu vantajoso. Por quinze dentes, um lindo par de alianças iguais às da vitrine, com nome e data gravados. Mais dez dentes, e o ourives lhe daria o dinheiro das despesas do cartório. E todo mês, se ele precisasse, ainda tinha a possibilidade de completar o orçamento com uns dentinhos...

Naquele dia ele se deixou ficar pelo cemitério. Era de madrugada que faziam a colheita, o dia ainda nem bem clareava e eles já estavam lá desfazendo o trabalho da véspera, fingindo adiantar o trabalho do dia. Era mais fácil nas gavetas, bastava soltar com jeito o cimento ainda fresco e abrir com uma barra de ferro o caixão. Para os mais graduados, o trabalho praticamente terminava ali. Era arrancar um anel ou brinco esquecido, uma pulseira ou broche e tudo se acabava.

Para ele, o serviço era mais difícil. Vencer a obstinação das mandíbulas rígidas dos defuntos, lambuzar a mão na gosma que já começava a escorrer das línguas intumescidas, para muitas vezes nem sequer encontrar uma obturação. Quando encontrava, porém, seu trabalho ainda era mais árduo. Arrancar os dentes, com instrumentos inapropriados, de uma boca obstinadamente cerrada...

Depois de algumas vezes, aperfeiçoou sua técnica: com um golpe certeiro quebrava os dentes dos defuntos sem examinar, em seguida puxava-os para fora com uma colher que reservara para o serviço, e depois, no vagar de suas folgas, separava o trigo do joio. Em pouco tempo conseguiu o número desejado de dentes.

Foi com orgulho que levou sua noiva à Joalheria e Ourivesaria Brazil. As alianças reluziam nas mãos roliças dela, nas mãos escuras e feridas dele. Tomaram a condução que os levaria ao cartório no centro da cidade, com hora marcada e ansiada, para legalizarem sua paixão.

Ao saltarem na Central, um assaltante, com um revólver ameaçador e um riso debochado na boca fétida e desdentada, livrou-os das notas amassadas e do brilho estúpido daquele luxo desnecessário. De noite, longe da noivinha que não se entregava sem papel passado e aliança, sonhou com covas e bocas abertas. Alguém gargalhava vendo o seu desespero entre umas e outras, mas ele não soube dizer, ao acordar, se o riso era do assaltante ou se saía dos bigodes espessos do porteiro, que ostentava um par de alianças pendurado no cordão de ouro.

Ceia de Natal

Nem bem chegava novembro e ele já começava a se preocupar. Como proporcionar uma ceia de Natal à família? No resto do ano, eles comiam o que dava, mas no Natal ele sempre tinha conseguido oferecer a todos uma verdadeira ceia. Nos anos mais abastados, até nozes e chocolates, embrulhados em papel laminado de cores vivas, alegravam a mesa. O vinho também aparecia na ceia, muitas vezes, aquele garrafão farto e barato, que dava para todos brindarem e ainda guardar um pouco para beber com as sobras no dia seguinte. Prato de castanhas não tinha, não, mas elas apareciam na farofa: uma farofa rica, cheia de miúdos e gostinhos inesperados de azeitonas e bananas, com aquela pastinha morna da castanha preparando a boca para o gosto mais forte do pimentão, ou mesmo da cebola amolecida e dourada no refogado.

As crianças se agitavam na esperança do prato de rabanadas e na expectativa de um possível pudim. Sonhavam, mesmo, era com sorvete, que era caro e não rendia nada, se derretendo ainda antes de chegar nas boquinhas gulosas. Mesmo assim, de vez em quando, a mesa resplendia no luxo de uma caixinha, sabor napolitano, que era para todas as preferências.

Seu grande orgulho, porém, era o prato principal. Pernil, peru ou mesmo uma galinha grande e gorda, bem colocada no centro da mesa, enchendo a casa desde cedo com seu cheiro de fartura e riqueza. Todo ano ele tinha conseguido trazer aquele verdadeiro troféu para casa, sentindo-se recompensado pelos sacrifícios dos 12 meses. Nos dois anos excepcionais em que trabalhara na fábrica, o Natal tinha sido farto. Os patrões davam peru, lata de ervilha, de milho e de goiabada, que virava recheio de bolo feito com a farinha que também vinha na tão apreciada caixa natalina. Antes disso, na roça, era ele mesmo quem engordava a galinha. Chegava mesmo a se dispor a catar minhoca e insetos para alimentar sua futura ceia. Deixava no prato bocadinhos de arroz e de angu que depois despejava no quintal para deixar a ave gorda, de papo farto, pois era assim que ela assava melhor: a gordura amarela se entranhando na carne e na farofa que estufava o papo até sair por entre as linhas da costura feita para manter o recheio lá dentro.

Agora, na cidade, as coisas andavam mais difíceis. Largara a roça magra na esperança do emprego na fábrica, mas o sonho só durara dois anos. No primeiro ano, desempregado a indenização do FGTS permitira uma mesa cautelosamente simples, mas ainda digna do nome de ceia de Natal. No ano seguinte, a sorte ajudara com um serviço inesperado pouco antes do Natal. Tinha sido aquele biscate que lhe rendera um pouco de dinheiro e uma cesta de Natal com frango, macarrão e vinho.

Dessa vez estava tudo muito mais difícil. Ele ainda não arranjara emprego, e o dinheiro dos biscates mal dava para o arroz e o feijão. A mulher é que estava sustentando as despesas da casa, com faxinas semanais e com a roupa que lavava para uma vizinha entrevada, que não lhe pagava muito, mas sempre dava uma coisinha. Os filhos, magrinhos, se conformavam em usar sapato apertado e roupa curta, reservando o sorriso para o pacote de jujubas que o pai lhes dava em dia de grande abastança.

Na cama, ele se revirava sem conseguir dormir, não tanto pelos tambores que ecoavam até muito tarde perto dali, mas pela preocupação que não o abandonava: conseguir alguma coisa digna para a ceia de Natal. Todo dia ele saía de casa, cada dia um pouco mais cedo, na angústia de encontrar um emprego cada vez mais improvável. Aceitaria qualquer coisa que aparecesse: trabalho de pedreiro, eletricista, carregador de feira, encanador. Tinha curso técnico em mecânica, mas as fábricas tinham fechado, as vagas desapareceram e ele aprendera todos esses pequenos ofícios na prática. Fora ele mesmo quem construíra seu barraco, ajudado pelos meninos ainda miúdos, e pela mulher que não desanimava nunca, e mantinha seu sorriso bonito, mesmo naquela época de tantas dificuldades.

Descendo a viela do morro, ele espantou, indignado, um bando de urubus que se fartava num terreno coberto de lixo. Quase escorregou num caroço de manga mas teve sorte e conseguiu se equilibrar antes de sujar sua única calça boa. Faltavam somente três dias para a ceia, era muito tarde para conseguir um biscate que lhe rendesse algum dinheiro, mas, com sorte, na feira conseguiria topar com alguma madame que lhe desse uns trocados para levar as compras até a portaria. Com os assaltos, as madames já não queriam que levassem as compras até o apartamento, preferiam que deixassem as coisas na portaria.

Na feira, nenhuma entrega. Só conseguiu cinco reais que lhe foram dados por um feirante ao qual ele ajudara a desmontar a barraca. Já eram mais de três horas, estava com fome, seu estômago roncava. Esquecendo a vergonha, disputou com os xepeiros as bananas menos amassadas. Conseguiu recolher alguns tomates machucados, três laranjas, alguns legumes quase intactos. Isso garantiria o jantar daquele dia. Voltou para casa devagar, andando cabisbaixo, a barriga ainda roncando de fome. Em casa, encontrou as crianças já sentadas à mesa, esperando que a mãe servisse o feijão aguado com farinha. A mulher aproveitou o tomate e os legumes, fez um refogado saboroso que satisfez a todos, mais pelo sabor que pela quantidade. Depois do jantar, apreciando o prazer com que os filhos e a mulher chupavam as laranjas, ele sorriu. As crianças vieram beijá-lo antes de deitar e isso lhe deu ânimo:

— Nossa ceia vai ser boa, pai. A patroa da mamãe mandou sardinha, presuntada e leite condensado! A gente vai até ter rabanada, a mamãe prometeu! — anunciou o mais novo, incapaz de manter o segredo prometido à mãe.

Os filhos pareciam felizes, era ele que não se conformava. Ceia sem peru não era ceia. Mas um frango que fosse, já faria bonito na mesa, com a pele dourada e crocante, o cheiro da gordura perfumando o ar, a sensação de festa e riqueza alegrando a sua miséria. Passou a noite outra vez sem dormir, imaginando onde iria conseguir a ave gorda para sua ceia de Natal.

A manhã seguinte não o encontrou abatido. Um sorriso estranho brilhava no seu rosto, enquanto seus olhos animados examinavam amorosamente a mulher e os filhos que se arrumavam para o colégio e o trabalho. Só ele não vestiu a roupa boa. Resolveu poupá-la para a ceia, explicou. Todos saíram, e ele ficou se demorando, o sorriso boiando no rosto magro.

Quando os filhos e a mulher chegaram, o homem já tinha voltado para casa. Na cozinha, uma ave desconjuntada, já sem a cabeça e os pés, mas grande o bastante para alimentar toda a família aguardava, depenada, sobre a pia. A gritaria das crianças foi geral:

— Pai, você conseguiu! A gente sabia que você ia conseguir! A nossa ceia vai ser a melhor do mundo! Peru e rabanada! — admirava-se o mais novo, conferindo à triste ave uma promoção imerecida.

O pai sorria, satisfeito com a alegria dos filhos. A mulher foi logo temperar a ave, para tomar gosto.

— Peru engraçado, este... — comentou baixinho.

Ele não respondeu, talvez porque não tivesse ouvido o comentário. Deitou-se satisfeito, sonolento, com a sensação de missão cumprida. Na noite de Natal, todos saborearam a ceia com prazer. O prato principal não decepcionou. A carne da ave era um pouco dura, fibrosa, mas o tempero da mãe era gostoso, e a fome era muita.

Lá fora, a paz descia sobre os homens de boa vontade. Uma quietude de trégua imperava na favela. Só os urubus agitavam o ar, com suas asas enormes, volteando sobre o telhado do casebre, numa última despedida antes de se recolherem para a noite.

Depoimento

Meus melhores contos foram escritos quando me sentava nua à frente da máquina de escrever. Vivia numa espécie de república, uma coisa meio hippie, mas só meio, pois éramos todas estudantes, tomávamos banhos (quase) diários e o movimento dos anos 1960 ainda estava longe de acontecer.

Éramos oito, e em comum só tínhamos nossos sonhos de liberdade. De resto, diferíamos em tudo. Umas tinham tido a sorte de nascer em famílias tão ricas e poderosas que se achavam acima de todas as convenções. Outras pertenciam a famílias sem tradição e sem fortuna, que desconheciam essas convenções. Algumas eram de famílias estrangeiras, imigrantes. Só eu pertencia à classe média estabelecida há gerações na capital. Daí minha posição quase à margem, de espectadora.

O grupo se formara sem amizade, aleatoriamente, através de anúncios no jornal. Magdalena foi a primeira a procurar a "vaga para moças estudantes ou professoras" anunciada por minha mãe. Com a morte de meu pai e a penúria em que ficamos, mamãe se viu obrigada a alugar os quartos da enorme casa que ocupávamos em Copacabana. Seu rosto compungido ficou um pouco menos sombrio ao conhecer Magdalena.

Ela era morena, e seus alunos a chamavam de tia Mag. Sua voz era doce e ligeiramente empoeirada; suas roupas, discretas: saias e blusas, sapatos baixos e cintos apertados. Antiquada na aparência, as blusas fechadas não conseguiam abafar os suspiros que se repetiam, como se ela estivesse sempre com alguma dificuldade em respirar.

Mamãe não chegou a conhecer todas as "pensionistas", como ela as chamava. Logo depois de Mag, foi a vez de Sueli, que quase não foi aceita, por ser "filha de pais desquitados", uma grande desonra na época. O dinheiro, como sempre, falou mais alto. O rosto de mamãe, que se desanuviara ao conhecer Mag, ficou um pouco mais sombrio, e os vincos que rodeavam sua boca se aprofundaram um pouco mais.

Sueli era baixinha, cabelos encaracolados, e fazia grande sucesso com os homens. Depois soubemos que com as mulheres também. Ela andava pela casa cantarolando e sorrindo, surgindo nos momentos mais inoportunos, com um ar de inteligência nos olhos que parecia desvendar todos os nossos pequenos e mesquinhos segredos.

Uma amiga de colégio de mamãe indicou a primeira milionária, Helô, que trouxe uma conhecida, filha de usineiros de cana-de-açúcar, a Fátima.

Helô era alta, de voz forte, traços firmes com suas sobrancelhas grossas e bem depiladas. Vestia-se bem, calçava-se melhor ainda e deixava-nos a todas com uma pontinha de inveja. A todas, não. Fátima não tinha motivos para invejá-la, pois era ainda mais rica e poderosa que a amiga. Com seu sotaque carregado de nordestina, desfilava entre nós dando ordens como se fôssemos suas súditas. Altura mediana, cabelos esticados, rosto ligeiramente marcado por cicatrizes de acne ou catapora, era a mais feia do grupo, mas sua autoestima nunca deixou que ela percebesse isso.

Quando mamãe morreu, aceitamos mais três moças, uma para dividir o quarto comigo, outras duas para ocupar o que vagara com sua morte. Como éramos medrosas, nenhuma de nós quis ocupar seu quarto, temendo fantasmas. Alugamos baratinho, para duas judias, Lia e Anna. Digo aceitamos e alugamos porque, com a morte de mamãe, a casa, embora pertencesse legalmente a mim, passou a ser uma república, administrada, a cada semana, por uma de nós. Isso foi sugestão de Rosana, a italiana que passou a dividir meu quarto.

A princípio, seguíamos as regras impostas por mamãe. Mas as coisas em breve começaram a mudar. Primeiro foi a decoração. Em seguida, as regras. Depois fomos nós mesmas que mudamos.

Lia e Anna passavam a semana conosco e nas sextas-feiras iam para suas casas, num subúrbio distante. Lia tinha cabelos vermelhos e a pele mais branca que já vi. Usava óculos de lentes grossas e não era bonita. Anna era alta, longilínea. Estava sempre com um livro nas mãos. Seus olhos eram acinzentados, seus cabelos escuros e longos presos num coque sobre a nuca. Sua pele era branca e no rosto espalhavam-se algumas sardas douradas. Era a mais bela do grupo, e a mais reservada.

Rosana foi a primeira italiana loura que conheci. Não muito alta, tinha, no entanto, uma voz imperiosa. Seus olhos verdes às vezes escureciam tanto que pareciam mudar de cor. Foi ela que nos apresentou ao macarrão, prato que passamos a consumir com freqüência, para infelicidade de Fátima e de Sueli. Uma por não gostar de nada que não fosse comida nordestina, outra por sua tendência a engordar. Ela e Sueli se revezavam cantando. Sueli sabia todos os boleros provocantes da moda. Rosana, dona de linda voz, cantava árias italianas, soluçantes de paixão.

A guerra pelos banheiros, poucos para tantas mulheres, se solucionou quando passamos a deixar as portas destrancadas. A intimidade entre nós cresceu de tal forma que, embora ainda usássemos cintas e anáguas ou combinações para sair, em casa não nos acanhava andarmos nuas na frente umas das outras.

Naquelas manhãs frias de maio, eu acordava cedo, antes de todas, acendia o aquecedor a gás e tomava meu banho. Quase sempre era durante o banho que as idéias me vinham, e eu saía ainda molhada do banheiro, os cabelos pingando pela casa, e ia sentar-me na cadeira desconfortável para martelar as teclas da máquina. Aos poucos ia escutando os barulhos da casa. As portas que se abriam, a voz imperiosa de Rosana ou de Fátima em seus sotaques tão diferentes. E as histórias brotavam de meus dedos e iam tomando as folhas de papel ofício. Anna se aproximava, silenciosa, trazendo uma xícara de café que depositava a meu alcance. Pegava as folhas já escritas e as organizava. Era minha primeira leitora.

As histórias giravam sempre sobre elas. Falavam dos sonhos de normalista da Mag, e de suas noites de orgia. De como ela se deixara encantar por um primo distante de Helô (meu Deus, os ricaços eram todos ligados por algum traço de parentesco, o que devia explicar as muitas taras), cujo comportamento donjuanesco se devia ao seu desprezo pelo sexo oposto. Descreviam os amores proibidos de Sueli, que à noite visitava as camas complacentes de Rosana ou Lia, indiferente à presença de Anna, insolente quanto ao meu desprazer, sabendo que eu necessitava dos aluguéis para sobreviver e que me sujeitaria. De manhã, Rosana corria para a igreja, a confessar. Lia perdia a hora, e Anna aparecia com olheiras e abatida. Com sua timidez, Anna ficava encolhida na cama, cabeça coberta, insone. Eu me levantava e ia dormir no sofá da sala. Até que uma noite, ao chegar lá, encontrei-o ocupado: Fátima e Heitor se abraçavam e beijavam. A luz acesa não os afastou, e eu contemplei, pela primeira vez, o corpo nu de um homem. A cena me excitou, e recuei sem retirar os olhos de cima deles. Com o coração acelerado e o corpo latejando ritmicamente, fiquei arquejando no corredor, incapaz de me afastar dali.

Na manhã seguinte, Helô e Fátima resolveram bancar a reforma da casa. Os quartos foram divididos, os banheiros duplicados. Eu concordava com todas as propostas, temendo as perturbações que sentira ao presenciar aquele corpo masculino que invadia o corpo de minha amiga e minha imaginação. Com os novos quartos, os costumes pioraram. As visitas noturnas se tornaram freqüentes, homens e mulheres compareciam todas as noites, traziam bebidas, discos para a desajeitada vitrola de minha mãe. A certa hora, todos fingiam que iam embora, mas nós sabíamos que alguns voltavam, sorrateiramente, para quartos que se tornavam rumorosos durante a madrugada, e que recendiam a perfumes estranhos de manhã.

Continuei a escrever essas histórias, agora sentada em meu próprio quarto, com uma máquina de escrever portátil que as meninas me deram de presente no meu aniversário. Tinha 20 anos, possuía uma casa e uma máquina de escrever, achava que tinha talento para a literatura. Não queria amar, mas o sexo latejava a toda volta e o meu corpo começava a se rebelar contra o jejum em que o mantinha.

Consegui meu primeiro emprego numa revista feminina, graças à influência da família de Helô. Por essa altura ela havia ficado noiva, e sua mãe abandonava seus feudos em Campinas e vinha com freqüência à capital, para as compras do enxoval. Nossa república perdera a efervescência, desde que se vira constrangida a receber Dona Adelaide por ocasião de suas visitas.

Todas fomos convidadas para o casamento de Helô. Generosa, sua mãe oferecera os vestidos e as passagens para todas nós. As revistas elegantes não souberam como classificar aquele inusitado grupo de mulheres e apenas mencionou as "*demoiselles d'honneur* que deslumbravam os convidados como um extraordinário *bouquet* de flores exóticas".

Mag perdeu o emprego no colégio elegante e se viu obrigada a voltar para Minas, onde, alguns meses depois, *adotou* uma saudável criança. Excusado dizer que Helô foi a madrinha da criança. E que a mãe de seu primo, quando este deixou claro que jamais se casaria e que seus gostos eram muito refinados para o Brasil, decidiu sustentar a criança e cuidar de sua educação.

Fátima decidiu estudar História da Arte e foi fazer pesquisas na Itália, para onde levou Rosana, como intérprete. Os museus italianos não lhe agradaram, ela decidiu-se pela Alemanha, e intimou Anna a acompanhá-la, também como intérprete. Anna conheceu um pintor holandês pelo qual se apaixonou e abandonou a amiga, indo morar com o rapaz. Fátima voltou para o Nordeste e outra vez chamou Rosana, agora para ajudar o pai na criação de uma fábrica de produtos italianos.

Sueli e Lia abriram uma sociedade numa confecção. Criavam roupas íntimas femininas e uma desfilava para a outra os modelos mais picantes. Fizeram fortuna.

Vendi a casa, os móveis, só não vendi a máquina de escrever. Instalei-me num apartamento no Flamengo, próximo à editora onde trabalhava. Continuei a criar minhas histórias, baseadas em outros modelos. Fiz um moderado sucesso como editora de uma seção de conselhos sentimentais numa revista feminina.

Casei-me. Fui infeliz. Tive filhos. Fui infeliz. Separei-me. Fui infeliz. As crianças cresceram e viajei para Paris. Foi minha primeira viagem para a Europa e eu me encontrei deprimida em Paris, olhando as placas no metrô que avisavam: perigo de morte. Mas eu resisti. Voltei para minha terra, que já não é mais capital, e parece mais uma terra de ninguém. Descobri que meus contos faziam sucesso entre as universitárias, que encontravam neles características feministas. Fui timidamente feliz. E depois fui esquecida. O feminismo saiu de moda, meus contos deixaram de agradar.

Hoje vivo de uma pequena mesada que Helô e Fátima me pagam para não relembrar mais nada. E me divirto processando meu ex-marido, mandando-o para a cadeia sempre que atrasa a pensão.

A carta

Foi com voz indiferente que João anunciou que o correio havia chegado, e que tinha uma carta para o amigo.

— Deixei lá em cima do aparador — informou, enquanto passava apressado para a cozinha, onde estava às voltas com uma de suas criações.

Ultimamente, João tinha se tornado um cozinheiro amador. Comprava livros de culinária, cada vez mais sofisticados, e ocupava todo o seu tempo livre em experimentar receitas, que poucas vezes mereciam o elaborado fervor que sua preparação exigia. Sua última aquisição tinha sido um livro, em francês, do mais renomado chefe de sobremesas da França. Tinha resolvido recriar um doce de nome oriental que havia provado numa lojinha da Rua Bonaparte e para isso queria aprender a fazer *maccarrons*.

Atraído pelo cheiro que as panelas exalavam, o amigo foi até a cozinha, e levantou uma das tampas. João recriminou-o:

— Não faça isso, desta maneira o aroma se perde.

Já havia se arrependido de abrir a panela. Lá dentro, numa dança insana de fervura, agitavam-se cascas de camarão e folhas de algum tempero, provavelmente exótico, e que devia ter custado meio salário mínimo por grama. Aqui e ali, uns pedaços repulsivos da pele de alguma ave, ou de vísceras de animal pequeno. Tudo o que comiam agora era rim ou fígado ou tripa, banhado em tutano ou outra substância gordurosa, envolvido com temperos pedantes e caros, e acompanhado por molhos obtidos a partir da casca de animais ou de frutas exóticas. E tudo tinha um nome sublime, como se fosse uma espécie de paródia poética. Suspirou.

Um acesso de tosse retirou-o da cozinha, e levou-o para a varanda, onde se sentou na desconfortável cadeira de linhas modernas que João tanto prezava. Estava usando a calça macia do pijama, e sandálias de borracha. Tinha retirado a parte de cima para fazer a barba, e depois, cansado demais para tomar banho, viera para dentro, para ter um pouco de companhia. A agitação de João, porém, o afastava, e ele decidiu ficar ali, na varanda, junto da bananeira-anã que nunca haveria de dar cacho, mas que estava sempre disposta a produzir mais uma folha, de um verde novo, sadio, quase transparente.

A cabeça de João apareceu pela fresta da cortina, recriminando-o:

— Na friagem e sem camisa? Você não quer melhorar mesmo desta tosse, não é?

Fechou os olhos, lastimando não ter um cigarro para acender. Há mais de seis meses que deixara de fumar, mas a vontade ainda lhe vinha com freqüência, e seu corpo sofria com o desejo do entorpecimento provocado por uma longa baforada.

João voltou, trazendo a camisa do pijama e o robe:

— Vamos, ponha isso antes que você piore. Já abriu a carta?

Ele se irritou. Mania de ficar cuidando dele como se fosse um inválido, e de ficar cobrando: Já fez isso? Já fez aquilo? Terminou o texto? Tomou a vitamina? Não podia tolerar essa solicitude, queria que João voltasse logo para suas panelas e o deixasse ali, em paz, olhando a pequena bananeira e o rolinho de folha que se anunciava verde e esperançoso.

João foi para dentro e voltou, envelope na mão. No papel branco destacava-se o desenho laborioso com a insígnia do laboratório. O envelope agitava-se na mão insegura. Sua figura alta pairava sobre a dele. Forte, moreno, cabelos negros e muito lisos, meio índio. Muitas vezes sentira vontade de copiar naquele corpo musculoso os desenhos tribais que via em seus livros. Urucum e jenipapo, provavelmente encontraria os dois corantes entre os temperos exóticos na cozinha de João. Um pouco de água e pincéis, ou varinhas de bambu e penas, pois os índios deviam se pintar assim. Devaneava, com os olhos semicerrados, desenhando as linhas que acompanhariam os contornos dos músculos definidos, que dividiriam o corpo do outro em hemisférios e quartos, e acabariam transformando-o em meras abstrações, fáceis de serem esquecidas. Assim como era, completo e belo, era inesquecível, e doía-lhe como um espinho cravado na carne.

— Toma, abre!

A voz se queria firme e imperiosa, mas saiu numa quase súplica. João se angustiava, desejava saber, precisava de certezas. Sempre tinha sido assim, achando que podia interferir em tudo, resolver tudo. Para ele o mundo natural era um pretexto para ser corrigido, combinado em arranjos, aperfeiçoado. O conteúdo da carta lhe daria o impulso para tomar as providências necessárias, e poderia começar a se mexer para conseguir a solução definitiva para o caso, ou, na falta desta, algum remédio, um paliativo que lhe desse a ilusão de estar fazendo alguma coisa.

Só que era ele o destinatário da carta, e ele não precisava saber. Não queria certezas, não queria definições. Desejava apenas aqueles últimos dias de paz, e poder contemplar uma patética folha de bananeira, que jamais poderia se desenvolver no vaso pequeno demais para suas raízes. O envelope continuava se agitando na mão quente e solícita. A insígnia elaborada, com uma serpente de boca ameaçadoramente aberta e língua em alto-relevo, parecia pronta para o bote.

— Abre você, João. Não preciso abrir para saber.

João jogou a carta sobre seu corpo e recuou, ofendido com sua resposta. Saiu intempestivamente, demonstrando seu desprazer. Ele se deixou ficar atento, aguardando os sinais. A carta pesava como uma lápide sobre seu corpo desgastado. Daí a pouco, os ruídos da cozinha recomeçaram, e ele soube que tudo ia ficar bem.

Sentiu que a febre voltava, seu corpo estremecia em calafrios, mas estava cansado demais para entrar, e continuou na cadeira desconfortável, com os lábios secos apesar do suor que o banhava. A doença se manifestava, indiferente à carta que a nomeava.

João voltou, silenciosamente, trazendo um cobertor. Aconchegou-o. Depois, sentando-se a seu lado, retomou o envelope e colocou a carta num cinzeiro fundo de cristal, que tinha permanecido, inútil, sobre a mesinha da varanda, graças à sua beleza.

Ele contemplou o rosto sério com que João acendeu um fósforo e reduziu a carta, fechada, a cinzas. E, antes de cair no torpor irresistível da febre, ouviu-o, enquanto despejava o pó negro no vaso da bananeira:

— Cinzas são ótimas para plantas.

O ovo

A menina recebeu o ovo em suas mãos e adivinhou toda a sua fragilidade. Não sabia bem como segurá-lo, seus dedos receosos sabiam que precisavam de firmeza para não deixar o objeto escapar, mas como poderia ela, inexperiente, avaliar a pressão necessária? Com as mãos em concha, formou um nicho do tamanho exato, mas sua concentração era tanta que não conseguia caminhar, dar os passos necessários para levar o ovo de um extremo a outro da cozinha.

— Anda logo, pamonha!

A exortação impiedosa da cozinheira ignorante sacudiu-a de seu mundo sagrado de sacerdotisa e, arrastando os pés, ela iniciou a vagarosa procissão pelo chão de pastilhas hexagonais, cujo desenho parecia semear pequenos ovos pelo chão. Os olhos bondosos e encorajadores da avó a incentivavam a prosseguir, e ela dava seus passos miúdos, tornados menores ainda pela imensidão do que carregava nas mãos.

Muito pequena para saber que o ovo era uma célula, origem de vida, ela sentia apenas o peso da responsabilidade. Examinava a casca rugosa que, ao longe, lhe parecera sempre tão lisa. Sorria porque já aprendera que aquele formato, tão puro, sem emendas, de linhas tão simples, era uma constante. Em hipótese nenhuma ela haveria de encontrar um ovo que fugisse daquela linha de perfeição. Os tamanhos diferiam, podiam ser diminutos e pintados, podiam ter o tamanho exato de suas mãos e virem na imaculada pureza do branco, podiam ser enormes, como lhe contavam, e ela acreditava, porque acreditava sempre em tudo o que lhe contavam. Mas eles seriam sempre ovais e frágeis.

A avó retirara o ovo de sua embalagem protetora e o depositara em suas mãos respeitosas. A ela cabia o transporte, a lenta procissão. À empregada cabia a imolação: quebrar o ovo, fritá-lo, servi-lo no prato da menina que, armada de pedacinhos de pão, finalmente romperia o círculo amarelo da gema com alguma emoção e a compenetração de quem começava a aprender a interferir nos mistérios naturais. O caminho era curto, apenas alguns poucos passos entre um lado e o outro da cozinha, mas a menina demorava, cuidadosa, ciente de sua responsabilidade. Mais um passo e seu objetivo foi alcançado. Ela logrou trazer o ovo incólume ao seu destino. Agora a empregada o tomaria em suas mãos rudes, cheirando a tempero e, com a eficiência dos algozes, o imolaria na frigideira aquecida na chama não muito alta, mas de lindos matizes azuis e amarelos.

Pequenina, orgulhando-se de seu feito, ela estendeu as mãos entrançadas, amorosas, que protegiam o ovo. A empregada voltou-se brusca:

— Dá aqui!

As mãos brutais extraíram daquele sacrário improvisado o ovo, sem respeitar a perfeição que o objeto representava, sem valorizar o feito heróico da menina. Num gesto firme, bateu com o ovo no canto do fogão e, antes que o oval perfeito se desfizesse, levou-o rápido para cima da frigideira e destacou as duas metades imperfeitas e desarmônicas, deixando cair na gordura quente a gosma transparente e o perfeito círculo amarelo.

A criança acompanhou os movimentos da cozinheira com os olhos assustadiços de quem hesita em começar a chorar. Em suas mãos pequeninas ainda podia sentir o contorno suave e perfeito do objeto que carregara, e aquilo já não existia mais. Os fragmentos da casca, atirados com displicência num pequeno baldinho de lixo, em nada se assemelhavam ao frágil relicário que transportara. Os líquidos misteriosos, vertidos sobre a gordura quente, se haviam metamorfoseado em uma carnação branca, rodeando um círculo amarelo que perdera seu brilho, adquirindo um tom leitoso e mais esbranquiçado quanto mais se demorava sobre a chama.

Expectante, ela não sabia se devia continuar ali, próxima à hostilidade do fogão, ou retroceder para a distância segura de onde iniciara sua procissão. Olhou para os dedos, que conservava entrançados, como se ainda protegessem sua carga preciosa. O nicho que suas mãos formavam estava vazio, e foi então que ela percebeu a enormidade do que fizera. Olhou para a cozinheira, indiferente, que agora retirava a frigideira de sobre a chama e despejava o ovo frito no prato de porcelana de friso dourado, interrompido por uma rachadura importuna como um fio de cabelo. Depois procurou os olhos da avó, mas estes estavam distantes e diminuídos pelas lentes grossas, impossibilitados de ver a angústia que sentia.

O cheiro do ovo despertava sua fome, mas as mãos entrelaçadas não desejavam abandonar a forma que tinham tomado. Obediente, ela havia se sentado no lugar indicado, mas não podia comer e não sabia explicar a razão de sua recusa. Ela se deixou ficar ali, obstinadamente silenciosa, as mãos entrelaçadas numa prece desesperada. Pelo seu rosto caíam lágrimas quentes e grossas, uma a uma, e a menina sentia seu gosto salgado ao engoli-las. Seus olhos se desviavam do ovo estrelado, forma imperfeita em que se traduzira a perfeição que fora capaz de conduzir, e fixavam-se apenas na rachadura do prato, intrusa e repugnante como um fio de cabelo misturado à comida. Sobre o colo, suas mãos não conseguiam mais manter a forma que desejariam conservar para sempre. Os dedos suados deslizavam, perdiam a força e o propósito.

Quando finalmente lhe deram permissão para se levantar, correu para o quarto e se atirou sobre a cama. Com o rosto abafado pelo travesseiro, ousou chorar alto, extravasando a angústia que sentia, percebendo que aquela dor iria acompanhá-la até o final de seus dias.

SOMBRA

Linha de sombra

Na hora não sentiu nada. Ficou olhando o sangue brotar em pequenas gotas de cor muito viva, escarlate, mais do que vermelho, até formar uma linha contínua e depois se abrir em desenhos escorridos pelo antebraço. O sangue escorreu até o pulso e foi secando, escurecendo. No corte uma linha malfeita e escura, já coagulada. Nenhuma dor. Em seus olhos, as lágrimas não chegaram a cair.

Nem muito mais tarde começou a sentir a ardência no corte. No banho, o sabonete esfregado com força e raiva arrancou a casca da ferida, que quis voltar a sangrar, mas não fez mais do que soltar algumas gotas, minúsculas, desmaiadas pela mistura com a água do chuveiro que corria abundante sobre o corpo curvado, acabrunhado. Olhou a água que escorria pelo ralo do boxe, e não conseguiu identificar a cor rósea do sangue. Fechou a torneira e procurou os traços das lágrimas não existentes no rosto.

Outra vez com a lâmina nas mãos, contemplou a pele. O fio esbranquiçado do corte anterior, os caminhos sinuosos das veias eram os únicos sinais, mas não possuíam um significado explícito. Desta vez o corte não foi reto. Numa linha curva traçou a inicial que poderia trazer de volta os sentimentos perdidos. Mesmo assim não sentiu nada. O sangue, iletrado, não formou a inicial esperada e se espalhou, caprichoso, em caminhos desencontrados. Não esperou o sangue secar. Tateou o rosto, na esperança de alguma lágrima.

Os dias se passavam devagar, sempre iguais. Agora só usava camisas de mangas compridas, o braço todo desenhado de cortes, indisciplinados. Tentara seguir o caminho das veias, mas estas se esquivaram, elusivas. Alguns cortes cicatrizavam rápido, como o primeiro. Outros demoravam mais, com as bordas repuxadas num tom mais ou menos róseo, ou com uma flor de pus enfeitando a haste seca. Algumas vezes latejavam em seu braço, insistentes, mas nenhum lhe ofereceu o alívio das lágrimas que procurava.

A cerimônia se repetia, diariamente. Após o banho, com a pele avermelhada pela esfregação raivosa e ainda molhada, tomava entre os dedos a lâmina, sempre renovada, à procura da dor. Na falta de novos espaços no antebraço, subiu os caminhos, chegou ao ombro. Depois elegeu a coxa. Primeiro a esquerda, depois a direita. Voltou ao antebraço, agora completamente cicatrizado, e refez caminhos. Era inútil. Nada fazia transbordar em lágrimas a dor que guardava lá no fundo, violenta e arrebatadora, selvagem.

No banho, abria a boca, como um peixe, tentando emitir algum gemido. O sabonete gastava-se entre seus dedos crispados. A pele sofria com a brusquidão raivosa dos seus gestos e já não reagia tão bem aos cortes sem método, agora feitos ao acaso, desesperados. Fechava a água e esperava o corpo secar, mesmo nos dias frios, indiferente. A lâmina pensativa entre os dedos escolhia onde havia de ferir, cada vez mais inapetente, cada vez mais hábil e afiada.

O tempo passado, já não havia mais por que esperar encontrar alívio na dor física. O banho terminava, o corpo secava e as mãos se mantinham inertes, a lâmina apenas contemplada, as lágrimas endurecidas no fundo dos olhos. Lá fora, os dias se azulavam, inúteis, o desânimo preenchendo cada recanto do banheiro obscuro. Com os olhos sedentos via as cores que lhe pareciam desbotadas, lavadas de mágoa. Finalmente, o corte. O desespero da insensibilidade. O sangue que pingava denso, as lágrimas empedradas.

Queria a dor. Queria consumir-se nas chamas de uma pira funerária e finalmente soltar o grito que calava, as lágrimas que se incrustavam por dentro dos olhos.

Queria um sofrimento que pudesse ser expresso em uivos, choro ou palavras, alguma coisa que tivesse uma dimensão humana ou animal. O que sentia era excessivo, um coração dilatado e duro, expandindo-se no peito, bloqueando a garganta, transformando as lágrimas em pedras agudas que lhe feriam o interior dos olhos, amortecendo suas sensações.

A dor, esperada e desejada, se furtava a seus convites. O corpo anestesiado se movimentava, fantoche aperfeiçoado, capaz de sorrir, de falar, de vestir-se com as roupas certas, mas incapaz de sentir. Saiu do banheiro pingando água, deixando as marcas pelo assoalho. Observou os pequenos lagos incertos que suas pegadas deixavam atrás de si. Caminhou até a cozinha, ainda sem saber bem qual o propósito de sua incursão. Com a mão direita um pouco trêmula apanhou um facão, mas achou-o insuficiente. O pequeno machado de carne oferecia seu brilho cortante ao fundo da gaveta. Sopesou-o e sua solidez lhe pareceu satisfatória, densa e pesada como deveria.

Buscou a tábua de carne, colocou-a firme sobre o mármore, apoiou a mão. Primeiro com a palma para cima, revelando os caminhos ciganos e vazios de sua vida. Mas era necessário um maior apoio para seu desespero. Virou a mão, espalmou-a, dedos bem abertos forçando contra a tábua. Examinou com atenção os dedos, as unhas mantidas curtas, a pele enrugada, numa despedida. Subiu os olhos para o pulso, que, despido de relógio, marcava o tempo com as próprias pulsações, acelerando de expectativa.

O instrumento levantado brilhou, com o sol que entrava pela janela da cozinha. A mão apoiada mantinha-se firme, a mão levantada mantinha-se obstinada.

O golpe foi súbito. Violento.

O grito finalmente saiu, primitivo, ancestral, como o de um guerreiro se lançando contra um mamute. Sem esperanças. Seu corpo retorceu-se, o sangue esguichava em jatos ritmados. Ainda segurando o machado, tentava estancar o sangue com a própria lâmina. Depois soltou o instrumento inútil, tentou segurar o pulso com os dedos que resvalavam na ferida aberta e escorregavam pela pele, outra vez sensível.

Procurou no rosto os sinais das lágrimas. Elas deviam estar escorrendo, as faces se encontravam úmidas, mas ficou sem saber se era apenas o suor gelado que chegava com o choque. A dor voltara, e com ela o medo. Ao seu redor, a cozinha havia se transformado num lugar diferente, numa pintura abstrata de um artista descuidado, abusando do vermelho.

Arquejando e gemendo observou o sol que se retirava, cuidadoso, do ambiente. Ia recuando passo a passo, recolhendo seu manto dourado antes que se conspurcasse na violência do sangue derramado. Seus olhos embaçados acompanhavam a retirada desdenhosa. Sentia-se febril. Sua língua parecia crescer dentro da boca, pastosa. O coração, dessangrado, agora voltava à sua dimensão original. Continuou diminuindo, já estava no tamanho do pequeno coleiro assustado que um dia fora seu. Sentia o sangue escapando por entre seus dedos, e o corte doía, latejante.

Seu corpo nu enrodilhou-se, fetal. O medo lhe dava a sensação de taquicardia, mas sabia que a ausência de sangue desacelerava as batidas do coração, agora menor ainda que o coleiro, mera posta de carne já quase sem serventia. Olhava com algum horror a mutilação, o corte aberto, a mão abandonada caída no chão. Sabia que agora estava chorando, só não atinava por quem. Sentia frio, mas suava. Sentia náusea, sono, cansaço. Um cansaço maior do que jamais sentira. Era a despedida.

Fixou os olhos na janela da cozinha. O sol ainda brilhava lá fora, mas já não despejava sua luz dentro do cômodo, enojado. O cheiro de sangue penetrava suas narinas, a cor do sangue invadia suas retinas, o gosto do sangue tomava sua boca. A respiração se fazia inútil, seu corpo se envenenava sem oxigênio. A náusea e a sede atormentavam sua paz, ampliavam seus tormentos. Perdia-se num turbilhão de sentimentos que durante todos aqueles dias perseguira sem sucesso. Agora tudo acontecia ao mesmo tempo: a dor, a emoção, o temor, o desconforto.

Já era quase impossível gritar, embora se sentisse engasgar com as palavras que nunca foram ditas. Os olhos olhavam sem ver, como quem sente uma vertigem. A boca seca ainda arquejava, o corpo estremecia em espasmos. Contraiu-se e depois relaxou. Sentiu ainda a quentura da urina que se expandia numa poça.

Não chegou a fechar os olhos, que pareciam observar a linha de sombra que se desenhava, caprichosa, no apartamento em frente.

Ikebana

1

Elas se cruzavam na sala de espera. Uma sempre saindo, se despedindo. A outra sentada, esperando. Não trocavam uma palavra, e mesmo seus olhares, tímidos e discretos, se evitavam. Era de relance que os olhos oblíquos viam uma mancha negra e triste sobre o sofá obscurecido da sala de espera. Era de passagem que a sombra percebia aquele rosto lunar e o lenço colorido que cobria a outra face.

No silêncio elas se assombravam e se desentendiam. Cada uma enxergava na outra aquilo que desejava. E ambas seguiam, aprisionadas em suas solidões paralelas, sem a coragem das resoluções.

2

Cio Cio San, era assim que a denominava. Seu corpo esguio não se adaptava às roupas que usava, que dançavam ao seu redor procurando imitar os movimentos suaves e delicados de um quimono. Ela deslizava silenciosamente, se esgueirava na penumbra da sala, rosto baixo, ombros curvados, braços apertados de encontro ao peito. Por um instante seu rosto fulgurava, uma lua fugitiva enfeitando a noite. Os olhos oblíquos já perscrutavam outros horizontes, desinteressados da sombra que se atocaiava naquela sala e, então, ela saía. E era somente naquele breve momento que voltava o rosto ligeiramente para a mulher no escuro, deixando que seu luar clareasse um pouco a noite em que a outra estava mergulhada.

3

Não sabia seu nome. Não era preciso saber seu nome para invejá-la. As águas noturnas em que a mulher flutuava, uma lagoa de mágoas, vistas dali de onde se colocava, eram convidativas como um poço de jardim, embalado pelo coaxar de rãs invisíveis, agitado pelos tremores de flores de lótus esquecidas. Uma gravura que se esmaecia. Seus olhos examinavam com avidez a face ensombrecida. Nenhum sinal, nenhuma marca. Ela não havia sido tocada, estava intacta. Os segredos que guardava seriam, talvez, as dores da vida. Não podia imaginar o que trazia a outra àquela mesma sala, por que não se deixava ficar lá fora, sob o sol ou sob a chuva, ouvindo os pássaros ou as buzinas do trânsito, aquela sinfonia da vida. Se a outra soubesse o sabor delicioso da tristeza, o prazer melancólico das lágrimas...

4

Cio Cio San se esgueirava na penumbra. Poderia ela imaginar o nome que lhe dava? Uma pequena borboleta que se ia formando na semi-obscuridade, lentamente. Uma lenda ainda não escrita. O rosto lunar que passava, refletia-se por instantes e desaparecia. Na cabeça, o lenço colorido desafiava a partida, queria-se gravado nas retinas. O olhar oblíquo enfrentava o seu rosto assombrado, e sumia-se ligeiro. Ela se despedia, suave, e partia, sem desejar, lentamente, vagarosamente.

5

Por que a mulher a olhava com tanta intensidade? O que ela desejava? Por que estava ali, ancorada naquele sofá sem beleza, quando podia estar lá fora passeando entre as folhagens do jardim? Um jardim tão lindo, tão exorbitante na fantasia de seus criadores, unindo séculos, hemisférios, reinos. A mulher desconhecida poderia passear por ali durante meses, anos, sem economizar, esbanjando seus prazeres, insciente de seus limites. Ela não precisava contar o seu tempo na ampulheta, não precisava se preocupar com as horas e os dias. Os dela ainda eram infinitos.

6

Cio Cio San. Seria sua imaginação, ou a lua melancólica empalidecia, invejando algo que não possuía? Ela via o rosto lunar que passava, fugaz, brilhava por um instante, iluminava a escuridão de seu desejo e desaparecia por trás da porta que se fechava. Gostaria de dizer a ela alguma coisa que a consolasse. Queria deter o rosto lunar, ou segurar as asas desesperadas da pequena borboleta, mas não sabia como. Gostaria, sinceramente, de trocar de lugar com ela, e partir.

7

Se lhe fosse dado trocar de lugar com a mulher no escuro, ela o faria de bom grado. Sentaria ali na penumbra e escutaria os sons de seu coração, batendo compassadamente. Passaria lentamente as mãos pelo corpo, intacto, e reconheceria cada pedaço como seu. Estava tão cansada, o caminho era tão difícil, e ela não queria partir.

8

No final da tarde, voltava para casa, com a cabeça ainda cheia das histórias do trabalho. Agora, no verão, os dias continuavam claros mesmo quando os relógios anunciavam a noite. Aos poucos ia abandonando os lamentos extrínsecos, e encontrando a sua própria narrativa. Com apetite, voltava-se para seus próprios sonhos, para os próprios desejos. Suas fantasias podiam se manifestar e até se concretizar em atos mais ou menos conscientes.

Numa noite de janeiro, deteve-se um instante num quiosque, comprando flores. Era noite de festa, ia celebrar. Em casa, preparou os vasos, exuberantes, tropicais, solares. Contemplou-os satisfeita. A beleza sempre a alegrava. Com a cabeça inclinada para um dos lados, um meio sorriso nos lábios, trocou algumas flores de lugar, em busca de mais harmonia. Uma gérbera desprendeu-se do caule, despencou sobre a mesa. Tinha um tom pálido, um cor-de-rosa esmaecido, e seu miolo arroxeado olhava-a magoado, assustado por não poder mais fazer parte do arranjo. Condoída, ela tomou a flor em suas mãos delicadas. Não podia deixá-la fenecer assim, sem um sentido.

Seu pensamento vagueou, revoluteando ao redor da flor pálida, como se fosse uma borboleta. Lembrou-se de uma antiga paciente, que lhe falava de arranjos florais elegantes e simples: ikebanas. Aquela flor lhe fazia lembrar seu rosto pálido, seu ar assustado. Em sua homenagem, ela escolheu um prato de cerâmica verde-escuro, quase negro, de bordas altas. Encheu-o de água, colocou alguns seixos rolados formando uma ilha naquele pequeno lago escuro. Depois, cuidadosamente, depositou na água noturna a flor clara, e sorriu satisfeita. O arranjo tinha ficado belo e natural, como o instantâneo de uma noite de luar.

9

Já estava escuro, e a mulher nas sombras acendeu a lâmpada sobre sua escrivaninha. Há muito tempo não escrevia, seus dedos já não se flexionavam com rapidez sobre o teclado. Mas ela estava disposta a tentar, outra vez. Há muito tempo não via Cio Cio San, embora continuasse a freqüentar a sala obscura, e a sentar-se no sofá desprovido de graças. A mulher de negro suspeitava que os olhos oblíquos já estivessem olhando as paisagens que ela ansiava por conhecer, mas que a outra teria, de bom grado, evitado olhar.

Seus dedos tocaram as teclas, com a gentileza de quem aconchega as cobertas de um doente. As palavras foram brotando, como pétalas.

Bolhas de sabão

Não tinha muita certeza se o misterioso navio algum dia atracara no porto do Rio. Era uma história que a mãe um dia contara, uma lembrança que sua mente gravara como uma curiosidade fantástica e irreal, como uma anedota de mau gosto: uma menina vestida de festa, para ir ao cais do porto aguardar a chegada de um navio fantasma, tripulado por sombras e carregado de barras de sabão.

Com a melhor amiga, colegas de colégio, vieram de um subúrbio distante, vestidas com luvas e meias, quem sabe até um chapéu, suando na condução abafada. A parada ficava distante, e a aguda consciência de uma bolha doeu-lhe no pé ardente a cada passo do caminho, transformando-o num verdadeiro calvário. A sede torturava-as, agitadas pela emoção de visitarem o belo edifício da Praça Mauá. Para as meninas do Méier, aquele edifício, onde atracavam tantos transatlânticos luxuosos, era o equivalente a um palácio de cristal. E as duas sufocavam os risinhos nervosos sob os olhares reprovadores da Mame e o ondular sisudo das barbas do Pate.

Elas ansiavam por um pouco d'água, gelada e borbulhante como a que serviam na lanchonete elegante do Centro, mas não se atreveram a pedir. A viagem de bonde tinha sido longa, e a trepidação, o calor e a demora tinham provocado uma vontade de ir ao banheiro, que elas tentavam aliviar juntando muito as coxas, ou contando de um a cem, em ordem crescente e, depois, decrescente.

Tinham chegado cedo, e a Mame, atenta, descobrira o banheiro para onde as levara, sem precisar que pedissem. Lá, refrescou as meninas com um lenço molhado e bem torcido, e algumas gotas de água-de-colônia. Depois, outra vez junto ao Pate, procuraram um lugar à sombra, e lá compartilharam grossas fatias de pão *challah*, um pouco adocicado, saboroso e macio. Outras famílias iam chegando, e, em breve, todo o edifício e o pátio à sua frente estavam tomados por pessoas de vozes ásperas e queixosas, e indumentárias inadequadas ao calor que se intensificava com o passar das horas.

Algumas crianças ensaiavam correr e brincar, mas eram reprimidas por suas Mames e Pates, e se recolhiam amuadas, ressentidas com a quebra de suas rotinas, com o desconforto provocado pelo calor e pelas roupas de festa, pelo cansaço e pela fome. Do lado de fora, estudantes começaram a se reunir em grupos, trazendo cartazes e ecoando cânticos de protesto, mas a polícia chegou, truculenta, e desfez os pequenos aglomerados. As famílias arrebanhadas dentro do Cais do Porto se assustaram, com algum medo ancestral que percorreu a multidão como uma fagulha. Homens e mulheres baixaram suas cabeças e as crianças e jovens, até então chorosos e impacientes, perderam a vitalidade e colaram-se aos pais e aos familiares, com os olhos assustados vigiando as intenções policiais.

Um grupo, distante das grades da rua, começou um canto triste como um choro. A canção se espalhou como uma prece. As meninas não reconheciam as palavras nem a música, por isso não puderam juntar suas vozes às do coro. A Mame e o Pate, porém, cantavam com emoção, os olhos cheios de lágrimas. Depois de tanto tempo expostas ao calor e ao sol, as faces se avermelhavam e os trajes perdiam sua goma e o cheiro de roupa lavada. Os corpos suados exalavam aromas mais ou menos desagradáveis. As crianças começavam a chorar e a exigir colo, as Mames tiravam de suas sacolas enormes garrafas de água já meio morna e a racionavam entre as crianças e os adultos. Elas mesmas só molhavam os lábios, onde o batom já desaparecera, e se abanavam, resignadas, com o lenço discretamente perfumado de água-de-colônia.

Uma voz esganiçada avisou da chegada do vapor. Por breves instantes, todos se animaram e recobraram a vivacidade, mas depois foram outra vez vencidos pela lentidão com que o rebocador trazia o navio lúgubre, que apitava longamente a intervalos regulares, e, com o seu som triste, provocava uma inexplicável vontade de chorar em todos os presentes. Os presentes começaram a soluçar abertamente, alguns puxaram as barbas e os cabelos, outros rasgaram as golas das roupas.

As lágrimas abriam sulcos claros nas faces suadas e muito avermelhadas de calor. Uma jovem desmaiou e foi carregada por cima das cabeças de todos até um local numa sombra mais distante, onde a depositaram cuidadosamente. Lá, foi socorrida com goles de água e ventarolas improvisadas.

O navio finalmente aportou. Depois de certa algazarra, formaram-se filas de pessoas que, de mãos estendidas e faces contristadas, se acabrunhavam ao receberem barras de sabão, as quais se apressavam a embrulhar em panos bordados de estrelas que haviam trazido com esse fim. A tarde caía e trazia uma brisa quente que levantava a poeira do chão e enchia os olhos de todos de fuligem e areia. Com sua carga preciosa a Mame arrebanhou a família e a melhor amiga da filha, e os quatro se encaminharam, com passos torturados, até a parada do bonde. Agruparam-se nos assentos centrais, com medo da chuva que ameaçava cair. Mesmo assim, o vento trouxe algumas gotas que umedeceram mãos e braços. A Mame e o Pate, exauridos de cansaço e emoção, cabeceavam. As meninas logo encontraram uma diversão: seus dedos úmidos descobriram um caminho até as barras de sabão, onde se untaram. Depois, esfregando-se uns nos outros, conseguiram formar uma espuma amarelada. Cuidadosas, as amigas sopraram delicadamente até inflarem pequenas bolhas de sabão, que se libertaram das mãos encardidas e saíram flutuando pelo ar pesado.

Os olhos avermelhados de poeira e cansaço acompanhavam o vôo delicado das bolhas iridescentes. Sua perfeita geometria e as cores delicadas iam formando lindos desenhos que se alçavam e iam dançando, meio tontas, pelo ar da noite que começava a baixar sobre aquela cidade tropical e alegre. Pouco a pouco, as bolhas de sabão subiam para o céu e as nuvens se afastavam para dar-lhes passagem, permitindo que fossem encontrar as estrelas que piscavam estremunhadas de sono no céu carregado de final de verão.

Os sacolejões do bonde nos trilhos metálicos embalaram as garotas. Suas meias enxovalhadas apresentavam manchas da lama das calçadas que haviam percorrido. As luvas estavam irremediavelmente encardidas, e a Mame de uma, bem como a Mãe da outra, teria que usar toda a ciência transmitida por suas ancestrais para recuperar as cores originais sem estragar a trama dos tecidos delicados e frágeis. Os vestidos ostentavam feias manchas de suor nas golas e nas axilas. As faces tinham sido esfregadas pelo lenço umedecido da Mame, mas ainda revidavam traços de poeira e os rubores de calor e de sol demasiados. Mas as duas sorriam, revendo em sonhos as bolhas de sabão que bailavam sobre suas cabeças, libertas enfim de todos os sofrimentos e desconfortos, ostentando sua beleza frágil a caminho de um céu indiferente, onde as estrelas voltavam a piscar após a tormenta.

Medéia

Tudo o que queria era que ele a amasse. Não precisava ser tanto quanto ela o amava, mas um pouco. Pequenos gestos, um carinho de vez em quando, e um grande escrúpulo em magoá-la. Colocar-se no lugar dela para evitar que sofresse. E não humilhá-la; pelo menos, não na frente dos outros.

Pensava em tudo o que já haviam passado juntos: a saída da terra de origem, ela o acobertando do pai, furioso com o desaparecimento do dinheiro em seu cofre. Mas sabia que este era o único jeito de conseguirem fugir. Sem dinheiro não haviam de chegar nem à vila seguinte, quanto mais à cidade grande. Assim, ela o ajudara a entrar na casa, a abrir o cofre, e os dois tinham estendido a mão para o dinheiro, ela com lágrimas de vergonha, ele com um sorriso de triunfo. E, já na cidade grande, fizeram amor entre as cédulas espalhadas na cama, esfregando-se no dinheiro com volúpia, ele sentindo-se insuperavelmente heróico, ela sentindo-se irrecuperavelmente corrompida.

Tudo o que ela queria era um pouco de amor, mas um pouco de consideração já servia. Não deixá-la sozinha à noite, cuidando dos filhos que se sucederam. Primeiro o Júnior, ruço como o pai, forte, atlético como o pai. E que a amava, como o pai nunca o havia feito, de maneira incondicional. Era ele quem a protegia dos ímpetos de fúria do pai, que, quando contrariado, não tinha limites. E depois o mais novo, tão semelhante a ela, com seu olhar sombrio e os cabelos escuros e rebeldes. Ele ficava só de longe, observando, olhando com uma intensidade de praga, de maldições.

Os dois filhos que ela amava intensamente, sobretudo porque eram amados intensamente pelo pai. Ele fazia todas as vontades das crianças, comprava todos os presentes, brincava todas as brincadeiras, incansável. Queria-os sempre próximos, orgulhava-se por se ver refletido no Júnior, como num espelho. E entendia-se com o mais novo como nunca conseguira se entender com ela fora da cama. Porque na cama eles formavam um todo harmônico. O que um queria o outro desejava, tinham o mesmo ritmo, a mesma loucura, a mesma febre. E suas explosões eram intensas, plenas, cósmicas.

As crianças cresciam e se distanciavam, adolescendo ao lado do pai, enquanto ela sentia-se adoecer de abandono. A cama mantinha-se fria, pois ele estava sempre ausente, em negócios. Cada vez menos tempo para ela, que só desejava um pouco de amor, alguma atenção, e não ser humilhada na frente dos outros. Porque ela era uma mulher orgulhosa. Sabia de seu valor, e queria ser reconhecida pelo que valia. Ela, filha de quem era, mas a quem não podia recorrer, por vergonha de ter estendido a mão para o dinheiro, que ainda queimava seus dedos e sua pele. Ela, que jamais levara os filhos para o avô conhecer, e que, assim, o roubava de outro tesouro, o da imortalidade.

Quando a menina loura surgiu em seu horizonte, ela sorriu, satisfeita, pensando que ele a estava trazendo para o Júnior, ainda verde em anos, mas cheio de seiva e de masculinidade. Ela olhou-a com amor, como se estivesse vendo uma futura filha. Quando compreendeu que a jovem destinava-se a outro leito, ao leito que ela acostumara chamar de seu há tanto tempo, seu ódio não teve limites. Mais do que a dor de amor traído, ela sentia a vergonha por sua honra manchada. Ela, companheira de tantos anos, a quem ele devia não só a vida como a riqueza, e que não merecera os ritos de casamento embora tivesse carregado todos os fardos, agora precisava assistir, humilhada, aos preparativos para a festa de seu enlace com uma menina mimada, vazia, fútil e, ainda por cima, jovem e linda.

Os filhos ficaram a seu lado, encarniçaram-se contra a intrusa, mas o pai, atento e hábil nas manhas da sedução, soube corrompê-los com argumentos sensatos. Pouco a pouco eles tentavam convencê-la de que, a longo termo, o casamento seria o melhor para todos. Só assim o pai alcançaria um lugar na sociedade e eles, já na altura de construírem suas carreiras, seriam beneficiados pelas novas amizades e futuras alianças.

Tudo o que ela queria era um pouco de respeito, um mínimo de afeição. Não podia suportar a humilhação de cabeça baixa e olhos lacrimejantes. Não, era filha de gente brava, agreste, honrada. Nenhum de seus familiares jamais sofrera uma afronta sem revidar à altura. Mas ele estava num patamar muito elevado, e ela, para feri-lo, tinha que se ferir mortalmente. A mão que ia golpeá-lo era a mesma que ia matá-la. A dor que ia sentir era mil vezes mais cruel do que a dor que o atingiria. Era, porém, a única maneira certeira de aniquilá-lo. Ainda mais agora, depois da doença que o esterilizara.

Os filhos vieram pressurosos ao seu chamado, e ela os recebeu com o carinho de sempre. Os trajes para o casamento estavam lavados e passados, estirados sobre a cama que ela mesma arrumara e perfumara. E os jovens, sem suspeitar, seguiram os conselhos da mãe. Comeram e beberam, tomaram banho e deitaram-se para descansar antes da festa. Não acordaram, sedados, quando a mãe os abraçou chorando. Não despertaram com os gritos de dor que ela lançava ao beijá-los. Não estremeceram com o aço gelado que penetrou em seus corpos e nem suspiraram ao entregarem suas vidas nos borbotões de sangue que encharcaram a cama.

Ela saiu de casa com os olhos tão secos quanto sua boca. O rosto se destacava, branco e pálido, entre os cabelos escuros e emplastrados de sangue. Suas mãos e seus braços estavam manchados, suas unhas enegrecidas de sangue coagulado. Ela caminhou até o local da cerimônia com passos firmes e iguais. Chegou quase ao mesmo tempo em que a menina loura. Com determinação, interpôs-se entre os noivos, felicitou-os com voz firme, e ofereceu seu presente.

Dentro do cofre, os dois corações ainda palpitavam.

Faxina

O homem caprichava na limpeza do pátio do edifício. Todos os dias iniciavam-se da mesma forma: apanhar vassoura, balde com produtos de limpeza, mangueira e seguir no passo cauteloso com as havaianas gastas até o pátio. Ali residia a beleza do prédio. O paisagismo, a colocação do piso, os recantos que se aproveitavam da proximidade ou afastamento do morro que ficava logo atrás do edifício. Os brinquedos das crianças, as mesas para piquenique, tudo era belo, e tudo era cuidado amorosamente por ele, que já trabalhava no local havia 15 anos. Examinava cuidadoso cada centímetro do pátio, não deixava escapar nada. Um arbusto que se debruçasse mais para a passagem era logo podado ou domesticado. Ervas daninhas desesperavam de dominar os canteiros, numa inglória batalha com aquele homem de olhos atentos e dedos tenazes. As tintas e os vernizes eram mantidos caprichosamente, com retoques ou intervenções mais drásticas, de lixas e pincéis.

Naquela manhã de inverno, o sol ainda nem clareara e ele já se preparava para seu encontro com o pátio, quando ouviu um ruído estranho, fofo e pesado. Tentou imaginar o que poderia causar um barulho assim, tão desconforme, mas deu de ombros, sem se interessar muito pelo caso. Com sua vassoura, o balde com produtos de limpeza e carregando nas mãos a mangueira, encaminhou as havaianas gastas até a entrada do pátio, que lhe pareceu ainda mais tranqüilo que o habitual. O sol tardava a clarear, e foi através do instinto que ele se encaminhou até a torneira onde, depois de encher o balde de água, encaixou uma das pontas da mangueira.

No vai-e-vem da vassoura, a espuma de sabão fazia um friso claro. Quando ele acrescentava água, algumas bolhas de sabão se elevavam e subiam, brincalhonas, no ar. O homem suspendia seu movimento por um breve instante para acompanhar com os olhos a alegria das bolhas, e depois voltava a se curvar, esforçando-se para deixar o chão limpo e límpido em seus desenhos caprichosos de mosaicos. Os pequenos passos que ia dando para trás eram seguros, familiarizado que estava com a geografia daquele país mágico de suas preferências. Uma luz tímida começava a acinzentar a noite, e a tornar visíveis os resultados de seus esforços. Tudo corria como devia ser quando suas havaianas gastas sentiram um volume estranho e inesperado ali, bem no meio do desenho do mosaico, na parte mais bonita de seu pátio. Ao mesmo tempo, a luz, já mais clara, mostrava uma diferença na cor do friso de espuma que acompanhava a vassoura diligente. Intrigado, ele interrompeu seu trabalho, endireitou as costas, olhando com descrença o tom inusitado da espuma, antes de se virar devagar para ver o que lhe impedia a passagem.

O volume lhe pareceu informe, a princípio. Seu cérebro lentamente forneceu-lhe uma hipótese: lixo. Mas não estava envolto num saco plástico, nem tinha as formas arredondadas dos volumes que todas as terças e sextas ajudava a jogar para cima do caminhão de coleta. Aquele lixo tinha características próprias, parecia ter se libertado de uma forma convencional e agora se desenhava ali no chão com contornos inesperados. Aquilo explicava o ruído que ouvira ao se levantar, o som fofo e surpreso como o de um suspiro exalado depois de um soco. O dia clareava pouco a pouco, e ele podia ver as cores que saíam daquele volume incongruente, cores sombrias, escuras, indefiníveis tons que lembravam manchas de chocolate ou de sangue.

Eram roupas, ele finalmente decifrou o mistério. Roupas masculinas. Tênis ainda novos, casaco, calças, e alguma coisa com pêlos, uma coisa nojenta, molhada, pulsante, recoberta de pêlos escuros e de uma massa parecendo um velho mingau de aveia. Seu cérebro começou a decodificar outras formas e volumes reconhecíveis, como unhas, olho, mãos, ossos.

Finalmente o horror da cena tomou conta de seus sentidos, e ele se curvou, como se fosse vomitar. Conteve-se, para não emporcalhar o pátio. Respirou fundo, com os olhos fechados, até se tranqüilizar e se sentir capaz de voltar a olhar a forma que agora se destacava na luz plena da manhã. Um corpo jovem, conhecido, corpo que ele conhecera e vira crescer, aprendendo a andar entre os caminhos do pátio, subindo nos brinquedos e danificando os canteiros com as bolas mal direcionadas. Corpo que ele vira crescer e fortificar, que insistira em cavalgar skates nos domínios proibidos do pátio. Corpo que ele encontrara adormecido, meio escondido entre os canteiros mais distantes, e que, surpreendido, se esgueirara rápido a caminho do elevador, que o levava até as alturas do décimo quinto andar, tão próximo do céu quanto distante do paraíso.

Há 15 anos que viera trabalhar ali, e fora ele quem abrira a porta do elevador para que o bebê entrasse no prédio, carregado pela mãe que o trazia, temerosa, da maternidade. Era o primeiro filho, aquele que trazia todas as esperanças e as promessas, o que concentrava o futuro no seu rostinho preocupado e franzido. O homem olhara com admiração aquele ser tão precário, e o acompanhara todos os dias de sua vida, de longe, olhando como quem vê coisas belas e inatingíveis numa vitrine. Nunca tinha amparado um de seus passos, nem havia lhe dirigido a palavra. Mas tinha olhado de longe, admirado aquela vida que desabrochava, invejado os cuidados que lhe dispensavam. No seu mutismo, olhara com simpatia os ares desafiantes da criança mimada, e com desgosto suportara os desdéns do jovem arrogante. E agora ele estava ali, debruçado sobre sua vassoura, olhando aquele não-ser definitivo, abandonado de promessas e esperanças. O homem contemplava o presente, e já começava a esquecer o passado, esforçando-se para limpar, diligentemente, os vestígios armazenados.

Voltou ao trabalho, evitando tocar os lugares conspurcados pela massa da vida. Rodeou o corpo e continuou a faxina. Seus olhos experientes examinavam os objetos próximos, para avaliar os estragos. Cumpriu seu trajeto até o fim. Na volta, antes de recolher os utensílios de trabalho, trouxe consigo um plástico negro e cobriu o corpo, colocando um jarro de flor em cada canto do plástico. Com seu jeito de sempre, foi comunicar o achado ao porteiro-chefe. E aproveitou para pedir panos de chão e uma nova vassoura, pois a faxina do dia seguinte ia exigir mais capricho.

Hemodiálise

O ruído era contínuo, uma espécie de resfolegar entremeado de bolhas. Parava. Depois, uma sucção, um motor gorgolejante, e um suspiro, longo, conformado. Alma se deixava embalar, e sentia-se sonolenta, tão cansada como o longo suspiro exalado a intervalos regulares. Reagia, não era conveniente dormir ali, precisava de todos os seus sentidos, mas a sonolência entorpecia-lhe o cérebro, e ela devaneava, ou sonhava, já não sabia mais em que estágio de consciência se encontrava.

Uma sucção, e ela se contraiu, reagindo; outro suspiro, e Alma sentiu que se abandonava ao ritmo poderoso. Era como um vai-e-vem de balanço de praça, seu nome gritado pelas outras crianças, alvo de zombaria: "Alma-do-outro-mundo", "alma-do-outro-mundo..." De quem teria sido a idéia deste nome? Só podia ser de quem nunca tivesse tido infância, ou de quem desejasse castigá-la pelo próprio nascimento. Segunda opção, correta. A mãe, que nunca a amara, escolhera o nome detestado, detestável. Alma-naque, calma-alma, alma-penada, alma-zém... Com o tempo, as zombarias passaram, ou deixaram de doer nas cicatrizes engrossadas. Ela agora até gostava do nome, habituada com o redondo das vogais e a suavidade das consoantes, quase vogais.

A máquina resfolegante continuava em seu ritmo, indiferente ao que se pensava ao seu redor. Alma não sabia se olhava ou se via apenas com a memória suas mãos brancas, de unhas roídas. Tira a mão da boca, mandavam, pára de roer unha. E ela não tirava, não parava. Roía unhas e as peles adjacentes, até sangrar e doer, e mesmo assim ela não parava, e continuava a roer e a ferir-se, como se sentia ferida e roída, destruída por dentro e por fora, dilacerada. Mesmo enquanto lia, continuava a autoflagelação, a boca gulosa sugando o sangue que derramava, as presas impiedosas penetrando sempre mais em sua carne. Até que um dia parou, assim, de estalo. Mas as unhas não cresceram, enfeando-lhe os dedos. Mantiveram-se acusadoramente obstinadas em sua pequenez. A ponta dos dedos saltando, gordinhas, para cima, bem ali onde deveriam estar cobertas por unhas e esmaltes.

A máquina resfolegou, gorgolejou, suspirou. Um instante de suspensão, e novamente resfolegou, gorgolejou, suspirou. Alma sentia-se desalentada. Até quando catilina abusaria de sua paciência, pensou, ciceroneando seus pensamentos em outra direção. Na direção do jovem e belo adolescente que a fascinava com seus tons dourados de sol. Cabelos quase louros, maltratados de praia, corpo esguio, membros longos, quase uma aranha que esperava que o mundo caísse em sua teia. Quanto sofrimento tinha sido vê-lo afastar-se, negar-se. Como ela entendia os insetos secos, abandonados nas teias depois de sugados até o final. Alma percebeu que sua vida era regular, copiando sempre os mesmos modelos, até que um dia os padrões se desgastavam, ou perdiam a razão de ser, e ela saía de um laço para, quase que imediatamente, cair em outro, um pouco pior, de preferência.

Os sons da máquina lembraram-lhe os ruídos festivos das latas de cerveja sendo abertas: um estalo, uma sucção, goles, suspiro satisfeito. Uma vez. Duas vezes. Três, sete, 15 vezes, até cair na indiferença, e um arroto final rematando. Não havia como contar os porres, como não era possível mais dar conta de todas as cicatrizes que a cobriam. A lembrança não doía mais como antes, nada feria mais como antes, anestesiada que se tornara. Renunciando a tudo e a todos, mas só depois de ter sido rejeitada por tudo e todos, e depois de sofrer, de ficar em carne viva de tanto se afligir.

Seu corpo agora já combinava com seu nome. Era um ser quase etéreo, um substantivo sem concretude, abstrato. De físico só guardava os olhos, que ainda olhavam, de longe, para a vida que não tinha coragem de abraçar. As mãos brancas e feias, maltratadas, se mantinham quietas, imóveis, incapazes de segurar outras mãos que se estendiam, amedrontadas. Ela havia renunciado a tudo. Era mais cômodo.

Alma se deixava vencer pela máquina, abandonava-se ao torpor, à sonolência. Seus olhos já se fechavam, pesados. Somente o ruído continuava, uma espécie de resfolegar entremeado de bolhas. Pausava. Depois, uma sucção, gorgolejos, e um suspiro, longo, inconformado.

O carona

Chovia, e o menino parecia ainda menor, parado ali naquela esquina, completamente encharcado. Os carros passavam e levantavam ondas de água suja, mas ele desafiava a sorte, com a cabeça baixa e os braços cruzados, como quem tem frio. Os cabelos, precisando de corte, desciam colados sobre sua face e formavam o desenho de um labirinto.

O trânsito lento deu tempo ao motorista para observá-lo bem e, quando seu carro chegou à esquina, já havia tomado a decisão de oferecer uma carona. O garoto aceitou, premido por um trovão e uma nova pancada de chuva, que desceu ainda mais forte naquele momento.

No carro, parecia se encolher contra a porta, tentando ocupar o menor espaço possível no banco. Ninguém falou em destino. O menino parecia perdido, no centro do labirinto que trazia estampado no rosto. O motorista, experiente, sabia que o trânsito não o levaria longe dali.

Eles não se falaram. O carona se encolhia no banco, o rosto baixo, as roupas molhando todo o assento do carro e pingando no tapete. O homem olhava-o de vez em quando, de soslaio. O carro, com as janelas fechadas, estava com os vidros embaçados. Vez por outra, era necessário esticar o braço e, com uma flanela já meio úmida, limpar o pára-brisa. O ruído da chuva caindo e dos limpadores na velocidade máxima deixava o motorista sonolento, às vezes era necessária a buzina do carro de trás para fazê-lo avançar os dois metros que o veículo da frente abrira de distância. Ele ansiava por um café, ou qualquer bebida quente que o tirasse daquele torpor. Quando viu o posto de gasolina, com sua loja de conveniência, alegrou-se como o beduíno que encontra o esperado oásis.

— Espere aqui, vou pegar um café.

Voltou com dois copos de café e uma porção de pão de queijo. O menino estendeu a mão suja e hesitante para o café, mas não ousou o saquinho dos pães. Foi preciso que ele insistisse:

— Coma, estão quentinhos.

Debaixo da marquise, os limpadores começaram a arranhar o vidro. Desligou-os e abriu a janela. A luz fluorescente iluminava o rosto do carona e lhe dava um tom pálido, azulado, doentio. O menino parecia machucado, ou talvez as manchas de seu rosto fossem de sujeira. Era impossível dizer, já que ele mantinha a cabeça sempre baixa.

O homem voltou à loja, para pegar mais pães.

A vendedora se admirou:

— O senhor não acabou de comprar uma porção?

— E daí? Só pode vender uma por cliente?

A mulher deu de ombros e preparou mais um saquinho, com pães que acabavam de sair do forno. Estavam tão quentes que podiam queimar. No carro, os dois compartilharam os pães, mas não se falaram. Só se escutavam o ruído de seus sopros e o barulho da mastigação ávida.

Olhando de soslaio, reparou nos dedos do garoto. Pareciam sujos de sangue. Quando a mão tímida veio pegar mais um pão, o motorista fez um movimento brusco e segurou o braço estendido. O menino reagiu, os pães caíram no tapete molhado, mas o homem não o largou e suspendeu a manga do moletom expondo um braço magro e ferido, com marcas de cordas nos pulsos.

— O que é isso?

Não houve resposta, apenas uma luta desesperada de um garoto assustado que pretendia escapar, fugir. Mesmo com medo de machucá-lo mais ainda, o motorista sabia que não podia largá-lo, pois o menino iria fugir, desaparecer correndo entre os carros. E ele não queria que o garoto sumisse, queria poder auxiliá-lo, queria entender o que se passava para oferecer a ajuda necessária. Mas o menino mantinha-se em obstinado silêncio, numa luta desesperada e muda pela liberdade.

— Vou te largar, mas você não foge, viu? Só quero te ajudar. Você está machucado, precisa de ajuda.

O carona concordou, com movimentos afirmativos, mas encolheu-se mais contra a porta, e parecia prestes a escapulir se ele fizesse um movimento mais brusco. O motorista decidiu dar a partida no carro e sair da proteção da marquise, para desencorajar a fuga do menino. De novo no trânsito lento, ele perguntou:

— Quem te fez isso?

Silêncio.

— Você foi amarrado, isso é marca de algema. Estavam te torturando?

O garoto fez que sim com a cabeça, mas continuou sem dizer nada. Parecia tão pequeno ali a seu lado, encolhido e molhado, indefeso. As marcas em seu pulso eram muito maiores que o delito que aqueles braços poderiam ter cometido. O motorista tinha uma sensação de piedade, de devoção àquele desconhecido.

— Vou te levar a um hospital.

O carona fez que não com a cabeça, e tentou abrir a porta para sair, mas ele tinha descido a tranca elétrica e estava preparado para a tentativa de fuga.

— Se você não quiser, eu não levo. Mas é preciso cuidar desses machucados. Você tem outros?

Outra negativa com a cabeça.

O homem não acreditou e, no primeiro descuido do garoto, levantou sua blusa e constatou as marcas de agressões. O menino encarou-o pela primeira vez e o homem pôde ver que as manchas em seu rosto não eram de sujeira, mas sinais de socos. Por um instante os dois ficaram se fitando, petrificados. Depois, o menino escapou. Abriu a porta, de cuja tranca ele havia descuidado, e saiu. A chuva forte não parecia incomodá-lo, ele afastou-se rápido entre os carros.

O motorista abriu sua porta e ia saltar e correr atrás do menino, mas os carros à sua frente começaram a andar. Outros motoristas, impacientes, puseram-se a buzinar, instando-o a se movimentar também. Ele resistiu por um momento: se abandonasse o carro ainda daria para alcançar o garoto.

As buzinas continuaram, agressivas.

O menino dobrou uma esquina e saiu do alcance de sua vista. Os xingamentos começaram e ele capitulou. Seu carro se movimentou, e foi seguindo por uma distância grande. O guarda de trânsito fazia-lhe sinais para ele se apressar, para seguir em frente. O engarrafamento se diluía.

Ele continuou seguindo. E não olhou mais para trás.

Lázaro

Escutou uma voz distante que o chamava. Na escuridão em que se encontrava, não sabia de onde se originava o som, que lhe parecia vir de todos os lados ao mesmo tempo. A mente entorpecida não o ajudava, e ele se deixou ficar, sereno, imóvel, indiferente. O chamado escorreu pelas paredes de pedra e susteve-se, em algum lugar, expectante.

Contentava-se em não ser. Ele fechara-se, como uma flor ao anoitecer, e bastava-se, completo. Mas o chamado se repetiu, saindo de sua latência e outra vez tomando cada canto do lugar, fazendo as pedras vibrarem sob e sobre seu corpo que resistia, indiferente, às ondas que o massageavam e batiam de encontro às pedras das paredes ásperas.

O corpo reagiu, contra sua própria vontade. Um

estremecimento, uma frágil pulsação, e sua completude se desfez em grãos como os de uma ampulheta que se revirasse. De olhos abertos ele encarou o nada. Mas a escuridão perdera seu vazio, e agora se encontrava plena de cheiros, de sensações, de surpresas. O ar voltou a se introduzir em seus pulmões, dolorosamente. O sangue reencontrou seu caminho, e formigou, dolorosamente, aquecendo sua pele como uma reação alérgica. Sua língua umedeceu-se, ele precisou engolir, e a saliva passou, dolorosamente, por sua garganta.

Outra vez o som estremeceu o ambiente pétreo, perturbando sua imobilidade. O corpo obedecia, mesmo à sua revelia. Respirava, pulsava, ouvia e sentia, apesar da indiferença e do desligamento lhe parecerem muito mais definitivos e satisfatórios.

— Levanta-te e anda.

O comando insistia, proferido no interior de seu próprio cérebro confuso. Ecoava, ribombava contra as paredes de pedra e chocava-se contra seu peito que agora se elevava em movimentos regulares e compassados. As pernas se dobraram, bem como os braços, apoiando-se, esticando-se, firmando-se. O corpo se ergueu, perdendo seu caráter de flor inviolada, de semente. Já não era mais possível sonhar com o infinito. Ele se ajustava às antigas dimensões. E os movimentos voltaram a se fazer naturalmente, como se nunca tivessem sido desaprendidos. E, no entanto, ele se sentia tolhido pelos panos que o envolviam; arfante naquela caverna malcheirosa que o oprimia com seu ar espesso de mofo e umidade. Sacudiu os braços, tentando se livrar das compridas tiras que ainda o ligavam à imobilidade. Os passos se repetiam, obedientes à ordem dada. Ele prosseguia, como um autômato, ao encontro da luz que o cegava.

Quando saiu, estava nu.

Suas irmãs se ajoelhavam aos pés do amigo, que resplandecia em sua vitória. O povo se apavorava e fugia. Alguns, a distância, espreitavam, curiosos e ávidos de explicações. Ninguém se lembrou de estender-lhe uma túnica, de oferecer-lhe um gole de água. Ele mesmo teve que se arrastar até tomar de Maria o véu azul que ela gostava de usar sempre que sabia que ia encontrar Emanuel. E, cobrindo o corpo desajeitadamente, caminhou até o poço mais próximo, sem sandálias que lhe protegessem os pés, sem cajado que lhe facilitasse o equilíbrio, sem um pano sequer que lhe cobrisse a cabeça, exposta ao sol inclemente do dia que se demorava a acabar.

Olhou para as mãos manchadas de terra e mofo, procurando relembrar os movimentos necessários para lançar o balde ao abismo e retirá-lo cheio de líquido. Ao longe, as pessoas, curiosas, o seguiam. Um moleque mais afoito encetou uma corrida e tocou em suas costas, tentando certificar-se de sua corporeidade. Logo outros tomaram coragem e se acercaram, tocando-o, puxando seus cabelos, tentando ver o que se escondia em seus olhos encovados.

A sede que o consumia não se aplacou com a água

morna e turva que conseguiu obter. Em sua perplexidade, olhou à volta e viu que suas irmãs caminhavam ladeando o amigo, gritando louvores ao seu poder infinito, incitando o povo a se aproximar para ver o milagre. Nem elas nem Emanuel pareciam se importar com a angústia que o sufocava, com o desconforto que seu corpo seminu lhe causava, com as dores que as pedras pontiagudas do caminho lhe infligiam a seus pés.

A dor de estar vivo e reconhecer-se morto espalhava-se por todo seu corpo, derramava-se sobre tudo o que via e sentia. Olhou suas mãos manchadas. Era preciso lavá-las. Olhou o corpo conspurcado. Era preciso vesti-lo. Era preciso ocupar-se com as pequenas tarefas de cada dia, e esquecer que, por breves instantes, já conhecera a volúpia de não ser.

Em casa, rebelou-se. Desabou na cama e fechou os olhos, tentando recuperar o momento perdido. Lá fora os sons se multiplicavam: o vento quente do deserto lançava contra a parede da casa uma chuva de areia, sussurrante. A ovelhas traziam de volta seus gementes balidos e seus cheiros. As panelas ressoavam e exalavam aromas de uma próxima refeição. Um cântico se elevava e desmaiava, em ondas desiguais. As vozes se misturavam em palavras com sentidos incompletos. Era inútil cerrar os olhos, tapar os ouvidos. A vida teimava em invadi-lo. Mas ele resistia, heróico. Decompunha sons e odores. Repelia sensações. Cruzou os braços sobre o peito, entrelaçou os dedos, disposto a nunca mais se mexer.

As irmãs voltaram, finalmente, para casa. Emanuel entrou, queria vê-lo, mas ele não queria ver ninguém. O som da voz do amigo era agradável; suas palavras, suaves. Mas o sentido delas não penetrava seus sentidos, seus olhos não se abriam ao apelo do outro. Aquela era a única rebelião possível: se seu corpo obedecia à voz do amigo, sua mente se mantinha fechada, obstinada em não ser.

Lá fora a areia continuava com seu ruído suave, se acumulando contra as paredes rústicas da aldeia. O dia finalmente se apagara, e as chamas suaves das lamparinas e do fogo não ameaçavam a escuridão em que ele se queria mergulhado. Emanuel ficou mais algum tempo, falando coisas meigas e esperançosas, que ele se obstinou em não escutar. Depois se foi, precedido pelas tochas, para levar luz a outras escuridões. As irmãs ficaram, e se revezavam, dormindo a seus pés, tentando lhe oferecer um pouco de pão, molhando seus lábios ressecados. Ele se obstinou em sua escolha pela morte. Seu corpo havia se acomodado na imobilidade e pouco a pouco foi adquirindo uma rigidez de pedra, uma alvura de mármore. Com o tempo, as visitas se cansaram, não mais apareceram. As irmãs voltaram ao conforto de seus próprios leitos. Em sua companhia ficaram as aranhas pálidas, descoradas, tecendo suas teias ineficazes.

Os ruídos do dia insistiam em acalentá-lo. As sombras eram sua visita mais constante, pontuais, alongando-se sobre seu corpo imóvel com carícias muito suaves. Um ou outro dia de vento mais forte sacudia-lhe a tênue manta que as irmãs haviam estirado sobre seu corpo, cada dia mais magro e seco. As irmãs choravam cada dia menos aquela obstinação. Lamentavam o desperdício de um milagre tão poderoso frente à teimosia de um velho tonto e inútil.

Numa das muitas manhãs de sol daquela terra, Maria cobriu-se com o véu azul e saiu para não mais voltar, resolvida a seguir os passos de Emanuel. Marta foi procurada por parentes longínquos que lhe ofereceram abrigo. Na mudança, não souberam bem o que fazer com aquele irmão, imóvel e inútil, de corpo mirrado. Puseram-no numa maca, atada num dos muares que levariam os poucos utensílios da casa. Sacolejando entre as pedras e a poeira da estrada, ele escutava ainda os sons familiares, sentia o cheiro pungente dos animais que o rodeavam. A irmã conversava com os acompanhantes de trajeto. As vozes lhe eram indiferentes e lhe pareciam cada vez mais distantes. Numa curva do caminho, o animal a que estava atrelado se desviou do grupo.

Ninguém notou sua ausência.

Quando a noite chegou, o animal, cansado, desfaleceu de sede. No descampado, o vento do deserto era frio e hostil. A areia fustigava os dois, e se acumulava sobre os corpos imóveis. Ele ouviu quando o animal exalou seu derradeiro alento. E continuou imóvel, enquanto a areia e o vento construíam, caprichosos, castelos fugazes sobre sua determinação.

Este livro foi composto na tipologia Arurs,
em corpo 11/16, e impresso em papel off-white 90g/m²
no Sistema Cameron da Divisão Gráfica
da Distribuidora Record.